✦???✦
「もしかして、あなたはルイ様?」
そのとき、手のひらに乗っていた
小動物が短い足でスッと立ち上がった。
「なぜわかったんだ!?」

✦リリー✦
・ドロール公爵夫人
・契約結婚
悪女？　使用人？　妻の

旦那様が
ちっちゃいモフモフになりました
～私を悪女だと誤解していたのに、すべて義母の嘘だと気づいたようです～
菜々
Nana presents
illust.眠介

Contents

Danna sama ga
chicchai
mofu mofu ni
narimashita

第一章　形だけの妻

「このグズ！　いつまで食べてるの！　さっさと働きなさい！」

ガシャンッ
テーブルの上の食器を落とされ、割れた音が狭い部屋の中に響く。

破片が足首をかすったのかチクッとした痛みが走ったけれど、それを顔には出さずに私を見下ろしている義母に謝罪した。

「申し訳ございません。アルビーナ様。すぐに準備いたします」

「言われる前に動きなさい！　そのお皿もあなたが片づけるのよ！」

「はい」

「まったく……本当に鈍臭い女ね」

義母――アルビーナ様がわざとらしいくらいに大きなため息をつく。

白銀色の髪には艶があり、五〇歳を超えているとは思えないほど綺麗《きれい》な人ではあるけれど、目つきが鋭くいつも眉間にシワを寄せているため美しさよりも怖い印象が強い。

「ちょっと！　私のドレスにスープがかかったわ！　どうしてくれるのよ！」

「申し訳ございません。マーサ様」

「あなたのお金から新しいドレス代を抜いておくわよ！」

「はい」

アルビーナ様の隣に立ち怒鳴り声を上げているのは、義姉のマーサ様だ。

父親似なのか顔立ちも似ておらず、横に広がったボリュームのある赤茶色の髪をいつも指でいじっている。目つきが悪いところは、唯一アルビーナ様と似ていると言えるかもしれない。

私より五歳年上の二七歳とは思えないくらい、癇癪《かんしゃく》がひどくあまり落ち着きがない人だ。

「本当に使えない女ね」

そう言い捨てるなり、アルビーナ様とマーサ様はこの暗く湿った屋根裏部屋から出ていった。

ふぅ……もっと早く食べておくんだったわ。

丸一日ぶりの食事だったというのに、カチカチに固まったパンを三口食べただけで終わってしまった。割れた食器に残ったわずかなスープを飲みたい衝動に駆られたけれど、なんとか理性でそれを止める。

ダメよ。私はこれでも一応公爵夫人なんだから。その誇りと品までなくしてしまってはいけないわ。

そう心の中で思いながら、自分の着ている使用人の服をチラリと見る。数日お風呂に入っていないため、一つにまとめた髪の毛もボサボサだ。

「……でも、今の私を見ても誰も公爵夫人だなんて思わないわね」

メイドだと思われるかしら？　いえ。清潔にしているメイドよりも汚いわ。

それが、この家——ドロール公爵家の若奥様である私、リリーの姿だ。


この家に嫁ぐ前、私は貧乏な男爵家の長女だった。

優しい両親と幼い妹と双子の弟たち。父はあまり領地経営が上手な人ではないけれど、領民に寄り添い家族を大切にしてくれる温かい人だ。

私はそんな父が大好きだし、少しでも家族の助けになればと家事を手伝い妹たちの面倒を見てきた。裕福ではなかったけど楽しくて幸せな暮らし。

そんな私のもとにドロール公爵家のルイ様から求婚のお話がきたのは、本当に突然のことだった。

私の住んでいた領地はドロール公爵家のある王都からは遠く、ルイ様にもそのご家族にもお会いしたことなんてない。なのに、なぜ私にそんなお話がくるのか不思議だった。

「人違い……かなぁ？」

驚きすぎた父の第一声はそれだった。

「どこかのお嬢さんと勘違いしているのかな？」

「でもリリーの名前がしっかり書いてあるわ、あなた。本当にリリーへの求婚なのではないかしら？」

「そうは言ってもドロール公爵家と繋《つな》がりなんてないし。それに、このルイ様ってあの有名な英雄騎士のルイ様だろう⁉　なんでそんなお方が……」

「リリーはとっても可愛《かわい》いんだもの。どこかでリリーを見初められたのかもしれないわ」

「……………」

「……………」

そんなバカな。

母の言葉に父も私も黙る。

豪華なドレスもなく舞踏会にも行ったことのない私が、いったいいつどこで英雄騎士様に見初められたというのかしら？

娘を愛する母親の考えとしてはありがたいけれど、とてもそうとは思えない。やっぱりこれは何かの間違いだと思っていた頃――ドロール公爵家から再度書状が届いた。

「あ、あ、合ってるって！　本当にこのアリウス男爵家の娘、リリーへの求婚だって！」

「ええっ⁉」

声を震わせ大興奮している父に負けないくらいの大声で私と母が叫ぶ。

本当に私に求婚を⁉　なぜ⁉

「領民から好かれているアリウス男爵のお名前は王都にも届いております。私の息子、ルイの結婚相手には家柄よりも人柄を優先して選んでおりますゆえ、ぜひアリウス男爵のお嬢様であるリリー様をお迎えしたいと……だって！　すごいぞ、リリー‼」

「まあ！　心優しいリリーを見つけてくださったんだわ！」

娘の人柄を褒められた両親は心底喜んでいる。貧乏で田舎暮らしということもあり、今まで婚約のお話すらこなかったのだから無理もない。

本当に人柄で私を選んでくださったの……？

わざわざこんな遠くの会ったこともない私に？

何かが引っかかり、両親のように素直に喜ぶことができない。しかし、次の父の言葉に私の中から返事を迷うという選択肢が消えた。

「それに、領地経営に関する補助をすると申し出てくださったんだ！　この地で作っている農産物なども優先的に買ってくださるって！」

「！」

「もしそれが実現されたら、領民の暮らしもだいぶ楽になるはずだ……！」

キラキラと目を輝かせながら書状を見つめる父。まるで宝の手紙を手にした子どものように、期待に溢《あふ》れた顔をしている。

お父様のこんなに嬉しそうな顔を見たら断れないわね……。

私の結婚でアリウス男爵家だけでなく領民も救われる――願ってもないことだ。断る選択肢なんてない。……たとえ何か変な違和感があったとしても。

数日後。

承諾の返事を受け取ったドロール公爵家から、結納の品としてたくさんの宝石とドレス、そして大金が送られてきた。

嬉しく思う反面、お金のない我が家では同じだけの結納の品を返すことができない。そんな私たちの不安を察してくれたのか、ドロール公爵家は代わりの要求をしてきた。

それは、仕事が忙しいルイ様とそのご家族との顔合わせをしないこと――というものだった。

王都からここまでは馬車で数日かかるため、なかなか時間が取れないらしい。私の両親も、幼い妹たちを連れて王都まで行くのは正直難しい。

そのため、顔合わせをしないまま私だけが迎えの馬車で王都へ行くことになった。

「本当は私だけでも一緒についていって挨拶したいのだけど……」

「大丈夫よ、お母様。向こうも私だけ来てくれればいいって言ってくださっているし、この家から私とお母様がいなくなったらみんな泣いてしまうわ」

「それはそうだけど……」

母と二人でチラッと妹たちを横目で見る。

五歳の妹と二歳の双子の弟たち。三人とも、荷物を持って馬車に乗ろうとしている私をポカンと見つめていた。

きっと私がいなくなっただけでも泣いてしまうでしょうね。大騒ぎにならないように、明るくお別れしなくては。

「すぐに手紙を書くわね。待っててくれる？」

「……うん！」

ニコッと笑った妹たちに笑顔で手を振り、私は馬車に乗り込んだ。

さて……ドロール公爵家って、どんなところかしら？

あれから二年。私は無事ドロール公爵家に到着したという手紙を出したきり、一度も家族に手紙を出せていない。

正確にいうと、私からの手紙は定期的に家族のもとに届いている。

私の書いていない偽の手紙——だけれど。

ここでの私の生活が知られないように、毎日幸せに暮らしているという嘘《うそ》の手紙を誰かが代筆して送っているらしい。『リリーが幸せそうで嬉しい』『ドロール公爵家のおかげで領地経営もうまくいっている』という両親からの手紙を読むたびに、複雑な気持ちになる。

みんなを騙《だま》しているみたいで苦しいけど……私が幸せだと思っているほうが両親も幸せなのだから、これでいいのよね？

二年前……なぜドロール公爵家が田舎に住む貧乏な男爵家の娘を選んだのか不思議で仕方なかったけど、今ならわかるわ。

どんなに虐げられても逃げられない、遠くに暮らす弱い家の娘。

領民に好かれる優しく穏やかな家族と、その家族を大切にする娘。

そんな都合のいい条件に、私はピッタリだったのね。

「……よし。もうガラスの破片はないわね。庭の掃除に行かなくちゃ！」

今の私は、公爵夫人という名の使用人……いえ。使用人以下の存在。この家に私の味方は一人もいない。義母も義姉も使用人も、そして旦那様も――。

屋根裏部屋を出て階段を下りていると、ものすごい勢いでマーサ様が戻ってきた。

「グズ女！　もうすぐルイが帰ってくるわ！　早く着替えなさい！」

「えっ？　ルイ様が？」

「早くしなさい！　ああっ、なんて汚いの！　早くお風呂に連れていって！」

後ろに控えていたメイドたちにそう叫ぶなり、マーサ様はスタスタとドレスルームに向かっていった。おそらく、私に着せるためのドレスを選びに行ったのだろう。

「早くしてください！　時間がないんですから！」

「あっ……ごめんなさい」

メイドのグレンダが見下すような目でジロッと睨《にら》みつけてきた。

私より一つ年上で、肩くらいまでの茶色の髪は毛先が真っ直《ます》ぐに整えられている。

一応公爵夫人とメイドの関係だというのに、グレンダは私がこの家に来たときからずっと態度が悪く威圧的だ。元の身分が私より上だったということもあり、こんな態度をされても何も言い返すことができずにいる。

そんなグレンダに文句を言われ、私は早足でお風呂場に向かった。

私がお風呂に入れるのは旦那様が家にいる間だけだ。旦那様がいる間だけは、私はお風呂に入り、屋根裏部屋ではない広く綺麗な部屋のベッドで眠り、腐っていない普通の食事をして、公爵夫人らしいドレスに身を包むのだ。

そう。普段、義母や義姉、使用人から私がこのような扱いをされていると旦那様に気づかれないように――。

はぁ……今回の討伐は長かったから、とても久しぶりのお風呂だわ。幸せ。

「早く体と髪を洗ってください！　すぐに出ますよ！」

「わ、わかったわ」

グレンダに急《せ》かされ、慌てて全身を洗っていく。

お風呂を出て偽の私の部屋へ入ると、真っ赤で派手なドレスが飾ってあった。

……今日はこのドレスなのね。

わりと派手なドレスを着ている義母と義姉よりも、さらに目立つドレス。装飾品も多く色も濃い。少し淫らな夜会にでも着ていけそうだ。

正直、家で着るようなデザインではない。

そんな派手でセンスのないドレスだけでなく、高価なアクセサリーもびっしりと用意されている。

これをすべて身につけたなら、間違いなくただの金遣いの荒い悪趣味なご夫人と化すだろう。

「さあ。メイクをしますよ」

そう言って、グレンダがいつものメイクを施してくれる。真っ青のアイシャドウに、丸く浮いてしまっているピンク色のチーク。義母でもつけないような、赤黒いリップ。

そしてクルクルに巻かれた髪の毛には、無駄にヘアアクセサリーがいくつもついている。一つだけなら可愛くても、ここまでたくさんついていたらとても変だ。

そうして、もう見慣れた『ドロール公爵夫人リリー』が出来上がった。

はぁ……今日もなんてひどい姿なのかしら……。

初めてこの姿にさせられたときには羞恥で消えたくなったけれど、二年経《た》った今ではもう慣れてしまった。義母や使用人たちから向けられる蔑むような視線も、旦那様から向けられる軽蔑の眼差《まなざ》しも、今では何も感じない。

旦那様が帰るたびにこのような姿で迎える妻。

義母や義姉から聞かされる私の我儘《わがまま》で散財ばかりの堕落した生活態度。

最初から結婚に興味のなかったらしい旦那様が、私のことを嫌いになるのに時間はかからなかった。

たしか大量にくる縁談を断るのが大変で、アルビーナ様が目をつけた私と形だけの結婚をさせたと言っていたわね。

アルビーナ様の言いなりになる都合のいい嫁として、私は選ばれたのだ。

形だけの妻。普段は使用人の代わりとして働かせることのできる嫁。子どもも作らず、ただ『ルイ様は既婚者だ』という事実を作るためだけにした結婚。

それならそうと割りきって生活すればいいだけなのに、マーサ様はわざと私が旦那様から嫌われるように仕向けた。結婚して早々に私の嘘の悪行を旦那様に伝え、ひどいメイクやドレスで姿を偽らせ、私を悪女だと思い込ませた。

この行動にきっと深い意味なんてない。ただの嫌がらせだ。

結婚式もなく、ルイ様との初顔合わせの日にはすでにこのメイクを施されたため素顔で会ったこともない。

部屋も食事も別、会話すらない旦那様の誤解を解くことはできず、結婚して二年経った今では私自身もそれを受け入れている。

誤解を解いたところで私たちが形だけの夫婦なのは変わらないもの。できることなら嫌われずに過ごしたかったけど、もういいわ……。

離婚をしたら実家の領地への補助も切られてしまうし、今の私は素直に言われた通りここで生活していくしかないのよ。

このつまらない人生に終止符が打たれるその日まで、耐えるしかない――。

「ルイ様がお帰りになりました」

「！」

もう帰ってきたのね。

そう報告を受けて、私はアルビーナ様たちが待機している玄関へ向かった。私だけわざと遅れて出迎えるようにしているのも、彼女たちの計算の一つだ。

すでに嫌われているというのに、これ以上嫌われるように仕向けてどうするのかしらね。まぁ、いいわ。

さあ。私を憎い瞳で見る旦那様――ルイ様に会いに行きましょう。

玄関ホールでは明るく楽しそうな声が響いていた。

アルビーナ様とマーサ様、そして使用人たちが、久々に帰ってきたルイ様を明るく出迎えているようだ。「リリーにも声をかけたのに、まだいいでしょって言われちゃって」と、マーサ様が悲しそうに話しているのが聞こえてきた。

……早速私の嘘の話をしているのね。

アルビーナ様もマーサ様も、私のことを告げ口するときは決まって被害者のように話す。

「あまりお金を使いすぎないほうが……と言ったのに、無視されちゃった」

「ルイがいないときは、使用人への態度も本当にひどいの……」

「私の大切にしていたネックレス、壊されちゃったの」

などなど。

マーサ様は昔からルイ様の前では弟思いの優しい女性を演じているため、ルイ様も疑うこともなく信じてしまっているようだ。まぁ使用人も全員同意見なのだから、それを信じるのも無理はない。

貴族女性は裏の顔が怖いとよくいうけど、ここまで裏と表で別人なのは驚きだわ。王都では普通なの？　お二人の本当の姿を見たら、ルイ様はどう思うのかしら？

……きっと女性不信になってしまうわね。

そんなことを考えている間に、玄関ホールに到着した。

私の姿が見えた瞬間からみんな黙り込み、なんとも言えないピリッとした気まずい空気が流れる。

玄関ホールの真ん中には、ルイ様が立っていた。

長身なため一人だけ頭が出ていてすぐにその姿が確認できる。

美しい白銀色の髪。宝石のようなエメラルドグリーンの瞳。誰もが目を留めるほどの整った麗しいお顔に騎士らしいたくましい体。

その周りだけ光に包まれているのかと錯覚するほどに眩《まぶ》しい。

「ルイ様。お帰りなさいませ」

ニコッと笑顔を作ってはみたものの、私は今ひどく濃いメイクをしていて、派手で真っ赤なドレスに宝石をたくさん身につけている。

とても好ましい笑顔には見えていないことだろう。

予想通り、ルイ様は不快そうな顔をしたあと何も言わずに私の横を通り過ぎた。

今日も無視されてしまったわ……。

まぁ、仕方ないわね。この二年、ルイ様とは会話どころか挨拶すら交わしていないんだもの。

これでは形だけの妻どころかただの置物と同じだわ。

私だって一応結婚して子どものいる幸せな家庭を作りたいと夢見ていたのに……ああ。なんてつまらない人生なのでしょう。

このあとは家族揃《そろ》っての食事になるけれど、私は参加しないようにと言われている。

ルイ様には私が拒否していると伝えられているらしく、この家に来てから一度もルイ様やアルビーナ様と一緒に食事をしたことがない。

家族団欒《だんらん》の仲間外れにするという嫌がらせのつもりなのだろうけど……私にはこの上なく喜ばしいことだ。

アルビーナ様やマーサ様と一緒に食事なんて、こちらからお断りだもの。一人のほうがいいに決まっているわ。

三人が見えなくなるまで見送ったあと、私はひっそりと部屋に戻った。


「え？　魔女の森に行く？」

次の日の朝。

部屋で朝食を食べていた私は、グレンダの話を聞いて食べるのをピタリと止めた。

万が一ルイ様がこの部屋を訪れたときに見られてもいいように、ルイ様がいる間はきちんとした食事を三食出してもらえるのだ。……これまでに訪ねられたことなど一度もないけれど。

私の近くに立っているグレンダは、笑顔を作る様子もなくめんどくさそうに答えた。

「はい。今日から向かうそうですよ」

「そんな……。昨日帰ってきたばかりだというのに。それに、魔女の森だなんて……」

「王宮からの直々の命令らしいですからね。『ここ数年、魔女の森で行方不明になった者の捜索をしろ』と。なので仕方ないでしょう。半日くらいで行ける距離ですしね」

態度は悪いけれど、メイドたちはこうしてルイ様の情報を私に教えてくれる。

これはアルビーナ様からの指示で、『あなたは妻なのに旦那の話をメイドから聞かされる立場なのよ』という小さな嫌がらせでもある。

そして、今話している〝魔女の森〟とは、毎年何人もの行方不明者を出している不気味な森のことだ。森には何百年も生きている魔女が住んでいて、気に入らない者を消してしまうという噂《うわさ》があるのだ。

とはいえ、今この世界には魔女も魔術師もいないし、魔法も見たことがない。

数百年前までは魔法が存在したと史実に残ってはいるけれど、国民の中には信じていない人も多い。私も、正直言うと半信半疑だ。

国を裏切り民を襲った最悪の大魔女を捕まえるための争いで、当時魔法が使えた魔術師たちが全滅してしまった――と歴史書には書いてあった。

魔女の森にいる魔女とは、この『最悪の大魔女』なのではないかとも言われている。

……でも、もしそれが本当ならこの国がこんなに平和なのはおかしいわよね。そんな恐ろしい魔女が数百年も小さな森の中でおとなしく暮らしているわけないもの。

それに、最悪の大魔女についての本を読んだときに『若い女の血を好んで飲み、その若さを保っていたとされる』と書いてあったわ。

一〇代の頃に読んだ私は、その一文にゾッと鳥肌が立ったのを覚えている。

そうよ。魔女はたしか若い女性が好きなのよね。森で行方不明になったのはみんな男性だわ。だから魔女と行方不明者が出ることは関係ないはずよ。きっと盗賊団か何かがあの森にこっそり住みついているんだわ。

いくら形だけの妻でも、旦那様がそんな噂のある森に行くと言われたら心配にもなる。国の英雄騎士とはいえ、魔女や魔法なんていう未知のものにまで勝てる保証はないからだ。

ルイ様……大丈夫よね？

「まぁ、そういうことですから、今日ルイ様が出発したらまた屋根裏部屋に戻ってもらいますからね」

「ええ」

「見送りはお昼頃の予定です。マーサ様が、それまでは部屋から一歩も出るなと」

「……わかったわ」

私はよく夜遊びをしているため朝は早く起きられない、旦那様の見送りすらせず寝ているひどい妻——という設定にされているらしいので、部屋から出られたら困るのだろう。

でも、ルイ様に会わないってことは今日はあのメイクをしなくていいってことよね？　ルイ様が出発したら、いつもの古い服に着替えて掃除を始めようっと。

美味《おい》しい食事もふかふかのベッドも魅力的だけど、あのめちゃくちゃなメイクはそれだけでは補えないほどのストレスだったりする。

あのメイクをしてあの派手なドレスで着飾るくらいなら、この地味な格好のほうが何倍もいいわ。髪の毛だって何もされなければサラサラのままだし。

昨夜もお風呂に入れたため、自慢の薄紫色の髪はまだサラサラと靡《なび》いている。

元々の白い肌も、メイクの際には少し暗い色を塗られてしまうため何もつけていないほうが軽くて楽だ。

魔女の森に行くルイ様は心配だけど、相手が魔女ではなく盗賊団なのだとしたら王宮騎士団の方々が負けるはずがないし大丈夫よね？

アルビーナ様やマーサ様は、ルイ様を心配して機嫌が悪そうだわ。

きっとルイ様が帰ってくるまでの間は色々な八つ当たりをされる可能性が高いはず……そんな覚悟を決めて、私は部屋の中でルイ様が出発するのを待った。

まさか、この〝魔女の森〟がきっかけで私の人生が大きく変わることになるとは思いもしなかった。

第二章　旦那様がちっちゃいモフモフになりました

ルイ様が魔女の森に行ってから五日目。

順調に調査が終わっていれば、今日あたり一時帰宅をされるはずだ。

それがわかっているアルビーナ様は、昨夜のうちに私をお風呂に入れて汚れを落とさせた。

前回は予想外の帰宅でバタバタと慌ただしくしてしまったからだろう。

ドレスやメイクは帰宅されるのが確実にわかってからでいいと言われ、今私はとても清々《すがすが》しい気持ちで庭の花に水をあげている。

ルイ様が突然帰宅されても見つからないように、敷地外からは見えない裏庭。万が一にでも私に逃げられないよう、室内からはよく見えるお屋敷のすぐ近く。そんな場所にある花壇に毎日水をあげるのが私の仕事の一つだ。

たまに窓から覗《のぞ》くアルビーナ様と目が合うので、今では屋敷に背を向けるようにしている。

メイクも先にしておきなさいって言われるかと思ったけど、後回しにされてよかったわ。素顔のまま過ごせるだけで、気持ちが全然違うもの。

ベージュのシャツに薄い茶色の膝丈スカート。メイドよりも地味なこの服も、派手で趣味の悪いドレスに比べたら数倍マシだ。

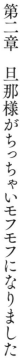

派手好きの公爵夫人を演じなくていいのであれば、この格好もそんなに悪くはない。

鼻歌を歌いながら水を撒《ま》いていると、ピンク色の花の中にコソコソと動くものが見えた。

ん？　何かしら？

白っぽい色のふわふわ毛が見える。生き物のように動いているけれど、葉に隠れられるほどの小ささだ。

私はこちらに背を向けているその小動物を両手で包み込むように持ち上げた。片手にすっぽり収まるくらいに小さいその動物は、私の手の上にちょこんと座っている。

か……可愛《かわい》いっ!!

丸いつぶらな瞳に、小さな丸い耳と短い手足。ふわふわな毛は触り心地がよく、ずっと撫《な》でていたくなる。

「まぁ……なんて可愛いの。なんという動物なのかしら？　どうしてここに？」

答えられないのはわかっていても、つい話しかけてしまった。キョトンとした顔でこちらを見つめるその愛くるしい顔に、胸がキュンとしてしまう。

可愛すぎるわっ！　この子、私が飼ってもいいかしら？　あ、でも綺麗な飾りがついているし、誰かに飼われてるのかも。

ふわふわの背中を指で撫でていると、ふとあることに気づいた。

あら？　この白銀色の毛……ルイ様の髪の色にそっくりだわ。それに、瞳の色がエメラルドグリーンなのもルイ様と一緒だわ。このピアスもルイ様が着けていたような……。偶然？　まさか……。

　そんなことはありえない。

　ありえないと自分でわかっているのに、なぜかそう思ってしまった。

「もしかして、あなたはルイ様？」

「！」

「ふふっ……なんてね」

　自分でも何を言っているんだと恥ずかしくなり、一人でクスッと笑ってしまう。

　そのとき、手のひらに乗っていた小動物が短い足でスッと立ち上がった。

「なぜわかったんだ⁉」

「え？」

　突然の男性の声に、私はぱっちりと目を見開いた。その声と同時に動いていたのは、目の前にいる小動物の口だったからだ。

　え？　今喋《しゃべ》ったのは、この子？

　さっきまでは普通の動物に見えていたのに、なぜか今はピシッと二本足で立つ姿が人間と重なって見える。動物も二本足で立つことはあるが、それとは違う変な違和感があるのだ。

　あれ？　こんなにしっかりしてたっけ？

「答えてくれ。なぜわかった？」

「!?　きゃあっ！」

呆然《ぼうぜん》としている間に再度口を開いた小動物。目の前で見るそのあまりにも衝撃的な姿に、思わず手を離してしまった。同時に私も地面に尻もちをついてしまう。

その小動物は、突然投げ出されたというのに動じることなく華麗に地面に着地していた。

「いきなり落とすな」

「な、な、な……なんで喋って……」

「それは君が俺の姿を見抜いたからだろう。なぜ俺だとわかったんだ？」

「お、俺の姿……？」

「先ほど言っていただろう。ルイ様？　と」

「！」

その瞬間、さっき頭をかすめたありえない考えが再び浮かんだ。この小動物はルイ様なのではないか――というバカらしい考えが。

まさか本当に……!?

「ルイ様……なのですか？」

「ああ」

ルイ様と名乗る小動物は、低い声で返事をしながらコクッと頷《うなず》いた。短い手で腕を組んでいるような仕草をしているため、非常に可愛らしい。

「そ、そのお姿はいったい……」

「魔女のせいだ」

「え？」

「さっき突然現れたんだ。魔女の森を侵略しに来たと勘違いしたのか、気づけばこの姿にされていた」

「！」

〝魔女の森〟の魔女……噂《うわさ》ではなく、本当にいたの!? 国の英雄騎士様が、こんなに小さい動物に……！

「あの森で頻発している行方不明者の実態はこれだろう。みなこのような姿にされ、誰にも気づかれなかったんだ」

ルイ様は、忌々《いまいま》しそうに自分の小さな手を見つめた。

「で……ですが、こうしてお話しをされたらわかるのでは？　今までそのようなお話は聞いたことが――」

「だから『気づかれなかった』と言っただろう？　この呪いは、自分の正体に気づいた相手とだけ話ができるようになるらしい。他の者たちはきっと誰にも気づいてもらえなかったのだろう」

それって、私があのときルイ様かと思って名前を呼んだからこうして話せてるってこと？　というか……ルイ様とまともに会話するのは初めてじゃないかしら。

ルイ様は地面に座り込んだ私を見上げ、静かに尋ねてきた。

「だから驚いたんだ。なぜ君は俺だとわかったんだ？」

「えっと……なんとなく、です」

「なんとなく？」

「はい。毛の色や瞳の色がルイ様と同じだなぁと……思いまして」

「それだけか？　それだけで、こんな小さな動物が俺かもしれないと？」

「は、はい」

「…………………ははっ」

一瞬ポカンとしたあと、ルイ様が笑い出す。動物の姿とはいえ、ルイ様が笑っているのを見るのは結婚して初ではないだろうか。なぜか心がほんわかとした温かさに包まれる。

……そういえば、この家に嫁いできてから誰かと笑顔で会話することなんてなかったわ。だからこんなに嬉《うれ》しいのかしら。相手はあのルイ様なのに。

「君は変わっているな。だが、助かった。誰とも話せないままでは、呪いを解くどころか生きることすら難しかったかもしれない」

「呪いの解き方がわかるのですか？」

「わからない。だから協力してほしい。いいか？」

「も、もちろんです」

なんだか変なことになっちゃったけど、放っておくことはできないし。形だけとはいえ私の旦那様だものね。呪いを解けるといいけど……。

「そういえば、ルイ様はどうやってそのお姿のままここまで帰ってきたのですか？」

「それが……気づいたらここにいたんだ。さっきまで森にいたんだが……。魔女の仕業なのだと思うが、なぜか最後のほうは記憶が曖昧になっていてよく覚えていないんだ」

「そうなのですね……」

「身内なら気づく可能性が高いと思って、魔女がわざとここに送ったのかもしれないな」

「なるほど。では魔女の森では今頃ルイ様が行方不明ということに……」

「なっているだろうな。途中から部下たちとはぐれたから、誰も俺がこんな姿になったのは見ていないはずだ。なんとか騎士団や王宮に連絡ができればいいのだが……。それに、森に残された部下たちの安否も心配だ」

「………」

王宮に直接連絡するのは私には無理だわ。実家への手紙だって出せない状況なんですもの。連絡をしてもらうにはアルビーナ様にルイ様のことをお話しするしかないけれど、魔女の呪いで小動物にされたって話を信じてもらえるかしら。

……絶対に信じてもらえないわね。ルイ様を手のひらに乗せて説明をしたとしても、話を最後まで聞いてもらえずに殺されちゃうかもしれないわ。どうしましょう……。

そんなことを考えていると、ルイ様が私を見上げた。

「ひとまず、俺は母に会いに行ってみようと思う」

「えっ？」

「母が俺に気づいてくれたら、王宮への連絡も部下たちの安否確認もすぐにやってくれるだろう。

君にも協力してもらわなくて大丈夫になる。ただ……もし気づかれなかったら、そのときは頼む」

「……はい」

そう答えると、ルイ様はものすごい速さで庭を駆け抜けていった。一番近くの開いている窓に向かい、周りの草木を利用して飛び跳ねながら屋敷の中に消えていく。あの小さな体をうまく使いこなせている時点で、彼の運動能力のすごさがよくわかった。

なんだかあまり話したことがないとは思えないほど普通に話せたわ……。それにしても、アルビーナ様はルイ様に気づくのかしら？　ネズミと勘違いしてしまわなければいいけど――。

その数分後、屋敷の二階から女性の悲鳴が聞こえてきた。

「きゃあああああ――――っ!!」

……あっ。

屋敷中に響いたのではないかと思うほどの大きな悲鳴。その声の主がアルビーナ様とマーサ様であることは、次に聞こえた叫び声でわかった。

「ネズミ!?」

「早く捕まえて処分して!!」

「いやあああ!!　こっちに来ないで――!!」

窓が開いているせいで庭にまでよく聞こえてくる二人の声。かなり慌てているらしく、いつも私を罵倒するときと同じくらいの醜い声になっている。

……やっぱりネズミと思われてしまったのね。ルイ様は大丈夫かしら？

そう思いながら声のする二階を見上げていると、小さな白い物体が窓から落ちてくるのが見えた。

えっ⁉

思わず両手でキャッチすると、モフッとした柔らかい触感が手のひらに広がる。想像した通り、ルイ様だ。

「ルイ様、大丈夫ですか⁉」

「ああ。つい飛び出してしまったが……キャッチしてくれて助かったよ」

「よ、よかったです」

あああ……驚いたわ！　これだけ軽くて柔らかいのだから、私が受け止めなくても助かったかもしれないけど……間に合ってよかった。

「母と姉にはまったく気づかれなかったよ。それどころかネズミに勘違いされてしまった。ネズミではないんだがな……」

「……聞こえておりました」

「はぁ。まさかメイドに気づかれて家族に気づかれないとは」

………え？　メイド？

「初めて見る顔なのに、よく俺のことがわかったな。今までに話したことがあったか？」

「……あの、私はよく旦那様を見かけておりましたので」

「そうか。でも本当にすごいな。感謝するよ」

……ルイ様はずっと私のこと『君』って呼んでいたし、もしかしてそうなんじゃないかと思っていたけど。

やっぱり私が妻のリリーだって気づいていないのね!?

たしかに私はルイ様と濃いメイクをしていない状態では会ったことがないし、いつも派手なドレスと派手な宝石で着飾った姿しか見せたことがない。髪の毛だってクルクルに巻かれたボリュームアップの髪型しか知らないだろうし、今の私の姿とは別人だ。

だからって、私はこんな小動物になったルイ様にも気づいたのに……。見た目は違っていても、髪の色も瞳の色も『妻のリリー』と同じなのに。

どれだけルイ様が私に興味を持っていなかったのかがわかる。

妻として落ち込みたいところだけれど、元々夫婦として成り立っていなかったのだから仕方ない。

でも、だから……私だと知らなかったから、あんなに普通に話してくれたのね。

どうしよう。打ち明けたほうがいいのかしら。

「ひとまず、何か食べ物をもらえないか？　ずっと食べてなくて腹が空《す》いているんだ」

「あっ、はい。もうすぐ昼食なので、私の分を分けますね」

「君の分とは別で用意することはできないのか？　この体だし、ほんの少量でいいのだが」

「……申し訳ございません。私は出された分の食事しかできないのです」

私の返事を聞いて、ルイ様の丸い目が不思議そうに細められる。

「使用人の食事はそんなに厳しく管理されているのか？　元に戻ったらなんとかさせよう」

「……ありがとうございます」

どうしよう。

ルイ様がいない間の私の食事は、余って固くなったパンとみんなの残り物の具なしスープだけなんだけど。

ルイ様のお口には合わないわよね？　このお姿なら大丈夫かしら？

贅沢《ぜいたく》三昧をしている設定の私が痩せ細っていてはおかしいため、食事は基本的に出してもらえる。しかし、その中身は腐りかけのものや余り物ばかりだ。たまに義母や義姉の機嫌が悪いときには、食事を抜かれることもある。

たぶん今日はルイ様が帰ってくるかもと言われている日だから、食事をもらえないってことはないわね。あとはその食事の内容で、ルイ様が驚かれなければいいけど……。

私はそのままルイ様を運び、屋根裏部屋に連れていった。


「ここが私の部屋です」

「…………」

部屋に入るなり……いえ。屋根裏に向かう階段を上がっている途中から、ルイ様は呆然とした様子で周りを見ていた。今は、暗く湿っぽいこの部屋を見て衝撃を受けているらしい。

「ここが部屋!? なんだ、この部屋は!?」

「屋根裏部屋です」

「屋根裏部屋!? そこは物置になっているはずじゃなかったのか!?」

……ルイ様にはそう伝えてあったのね。

「いえ。あの、ここが私の部屋です」

「使用人の部屋は、たしか一階にまとまっているはずだが……」

「私だけ、その、特別なのです」

「特別!? どう見ても罰の間違いだろう!?」

手のひらの上に立ち私に背を向けていたルイ様は、クルッと勢いよく振り返る。そして、私を上から下までジロジロと見てきた。

「体が小さくて君の服がよく見えていなかったが……それはメイドの服ではないな。そのような服の使用人は見たことがない。いったいなんの仕事をしているんだ? なんでこんな部屋に……」

ルイ様は次から次へと質問をしてくるが、なんて答えていいのかわからない。自分の家にこのような扱いをされた使用人がいることに困惑しているようだ。

……まぁ、本当は使用人ではなくあなたの妻なんですが。

でもすでに混乱しているルイ様をさらに混乱させるわけにはいかないわ。なんとかごまかさないと。

「え――と、私は雑用なんです。あ！　お食事！　お食事を運んできますね！」

ルイ様をボロボロの机の上に下ろして、私は返事を聞く前に部屋を飛び出した。

「はぁ……どうしよう」

今は普通に会話をしているルイ様も、私がリリーだと知ったらもう話してくれないかもしれない。それでも私しか頼る相手がいないなら、そんな気まずい状態で呪いを解く方法を探さなければいけないのだ。

それは嫌だわ。だったら、私であることを隠していたほうがお互いよさそうね。私は雑用。そういうことにしておきましょう。名前を聞かれるかもしれないから、仮の名前を考えておいたほうがいいかも。

「……本当に変なことになっちゃったわ」

ふぅ、と小さくため息をつきながら、私は昼食を受け取るべく調理場へ向かった。

ルイ様のお口に合う食事がありますようにと願いながら。


「お待たせしました」

「…………」

昼食のプレートを持って屋根裏部屋へ戻ると、先ほどと同様机の上で呆然と立っているルイ様がいた。その視線の先には、私の持っているプレートがある。

「……それはなんだ？」

「パンとお肉とスープです」

そう言いながらプレートを机に置くと、ルイ様は恐る恐る近づいてきてパンを凝視した。

「パン？　色がなんだかおかしいぞ」

「焼きたてではないですから。時間が経《た》つと色が少し変わってしまうんです」

「朝の残りということか？」

「いえ。おそらく……昨日のかと」

「昨日の!?」

ルイ様はギョッとしてパンと私を交互に見ている。生まれたときから高位貴族として育ったルイ様は、焼きたてのパンしか食べたことがないのだろう。まるで触ってはいけないもののように、パンから少し距離を取っている。

まあ……まるでパンを怖がっているみたい。

思わず笑ってしまいそうになったのをグッとこらえて、パンをブチッと力いっぱいちぎった。固くなっているため、力を入れないとなかなかちぎれないのだ。

「はい。ルイ様の分です。足りなかったら言ってください」

そう言ってパンを差し出すと、ルイ様は短い腕をプルプルと震わせながらそれを受け取った。

「これは……食べられるのか？」

「大丈夫ですよ。ほら」

ブチィッ！

見本としてパンを食べる様子を見せたけれど、歯を食いしばって噛《か》みちぎっているところを見て余計に怖がらせてしまったらしい。

「なんでそんなに力を入れてパンを食べているんだ……」

「慣れれば大丈夫です」

「慣れれば……って。この家の使用人は、みな毎日こんな物を食べていたのか？」

ショックを受けた様子のルイ様は、意を決したようにガブッとパンに食いついた。

「……この生き物は歯が尖《とが》っているからなんとか噛み切れているが、なんでパンがこんなに固いんだ。それに、味もしなくてただの塊を食べているみたいだ……」

まあ。文句を言いながらもムシャムシャ食べているわ。よほどお腹《なか》が空いていたのね。

それにしても……頬袋が広がっていて、なんて可愛いのかしら！　どんどん差し上げたくなっちゃうわ！

「ルイ様。お肉はどうですか？　……はい、どうぞ」

「……これが肉？」

薄くて味のついていないお肉を切ってあげると、ルイ様は険しい顔をしてそれを手に取った。

そしてパクッと口に入れたものの、うまく噛み切れないのかモグモグと口を動かしている。

まあぁ……！　小さなお口が動いていて可愛いわ！

「なんでこんなに薄いのにうまく噛み切れないんだ？　それに味もしないし、いったいなんの肉だ？」

　小さな手でパンとお肉を持っている姿、可愛すぎるわ！

「君たちはいつもこんな食事を……って、なんだその顔は？」

「はい？」

「なんでそんなにニヤニヤしているんだ？　この料理がそんなに嬉しいのか？」

「あ……いえ。なんでもないです」

　まさか、あなたの姿があまりにも可愛くて……なんて言えるわけないわ。

「もしよかったらスープも飲んでくださいね」

「……具が何も入っていないが」

　そうルイ様が呆れた声を出したとき、下の階から誰かの叫ぶ声が聞こえた。何を言っているのかは聞き取れなかったけれど、この声はおそらくマーサ様だ。

「何かあったのか!?」

「私、見てきます」

「俺も行く」

「ですが、もし見つかっては今度こそ捕まってしまうかもしれません。ルイ様はここでお待ちください」

「…………」

納得のいかない顔をしていたものの、ルイ様は仕方なさそうにコクッと頷いた。私は急いで部屋を出て、階段をかけ下りていく。

「なんですって⁉」

「どうしてルイが！」

アルビーナ様とマーサ様だわ。

この声が響いてる感じ……玄関にいるのかしら？　ルイ様のことを話してる？　もしかして――。

玄関に近づくにつれて、話し声がはっきりと聞こえてくる。二人の他にも誰か男性がいるようだ。私は気づかれないように途中で足を止め、こっそりと隠れながら話を聞くことにした。

「行方不明ってどういうことなの！　どうしてルイが⁉」

「わかりません。突然辺りが暗くなったと思ったら、団長が消えたのです」

「消えたって……ちゃんと捜してくださったのですか⁉」

「もちろんです！　ずっと捜していますが、まだ……」

「そんな……！」

ルイ様のことを『団長』と呼んでいる若い男性は、ルイ様の所属する騎士団の部下かしら。

長時間森の中を捜したのだとわかるほど、その服はボロボロになっていて顔も疲れきっている。

やっぱり行方不明という扱いになっているのね……！　ルイ様は今ここにいらっしゃるというのに。……あっ！　そうよ。そのことを騎士団の方に伝えるチャンスだわ。

もちろんすぐには信じてくれないでしょうけど、実際にルイ様に会ってもらって説明をすればわかってもらえるかも！　この騎士団の方なら、今のルイ様を見ても悲鳴を上げて殺そうとしないでしょうし。

もし本当にルイ様だと気づいてもらえたら、みんなもルイ様とお話しができるようになるわ！

問題は今ここで私が出ていったところで、アルビーナ様たちが私の話を最後まで聞いてくれるかどうか……。

そんなことを考えていると、突然背後から声をかけられた。

「リリー様……そこで何をしているんですか？」

「！」

振り返ると、メイドのグレンダが立っていた。盗み聞きをしていた私を軽蔑の眼差《まなざ》しで見ている。

……まずはグレンダに言ってみようかしら？

いえ。この家の主人が魔女に姿を変えられたなんて、あまり言わないほうがいいわね。アルビーナ様やマーサ様、ルイ様の部下の方など、人数を絞ったほうがよさそうだわ。

「あの、アルビーナ様とお話しがしたくて。○☆◆＊（ルイ様の件でお話が……）」

「え？　なんですか？」

あれ？　今、言葉が変じゃなかった？

「あの、だから、◇●ＳＳ◎（ルイ様のことでお話が）」

「何を言っているんですか？　意味がわかりません」

グレンダは心底不快そうに顔を歪《ゆが》め、プイッとどこかへ行ってしまった。

「あっ……」

行ってしまったわ。アルビーナ様を呼んでほしかったのに。……それにしても、今……やっぱり変な言葉になっていたわよね？　どうして？

「もしかして、魔女の呪い？」

ルイ様の呪いは、見た人が自分で気づかなければいけないらしい。誰かが教えるのではダメということなのかしら。

それじゃあ今ここで部下の方に伝えることはできない……やっぱり私が協力するしかないのね。

そのうちルイ様が行方不明だと国中に知れ渡ってしまうでしょうし、急いで呪いを解かなくちゃ。

まだ玄関で言い合っているアルビーナ様たちを横目に、私は屋根裏部屋へ戻った。部屋に入るなり、机の上に立っていたルイ様が声をかけてくる。

「何があったんだ？」

短い足でちょこんと立っている姿が可愛くて、一瞬で胸の奥をギュッと掴《つか》まれてしまった。

かっ、可愛いっ!!　……じゃなくて！

「あの、おそらくルイ様の部下にあたる騎士の方がいらしていました。ルイ様が、その……行方不明になったと……」

「……そうか。どんな男だった？」

「え、と。茶色の髪で、胸元までの髪を一つに縛っていました」

「コリンか。それで、行方不明と聞いた母が騒いでいた……といったところか。他の騎士たちについて何か言っていたか？」

「いいえ。それは聞いていません」

「そうか……」

ルイ様は「はぁ……」と残念そうにため息をついた。言葉がわかるようになってから表情までも読み取れるようになったらしい。まるで人間のような表情に見えるときがある。

部下の方たちを心配しているのね。きっと自分の無事も伝えたいはずだわ。でも……。

「あの、実はルイ様のことをお伝えしようとしたんです」

「俺のこと？」

「はい。魔女に姿を変えられたことを伝えれば、みなさんにも気づいてもらえてお話しができるかと思いまして。でも、そのことを口に出そうとするとなぜか変な言葉になってしまい、伝えられませんでした」

「……魔女の呪いだな」

「そうだと思います。申し訳ございません。お役に立てなくて」

ペコッと頭を下げると、ルイ様がすぐにそれを否定した。

「謝る必要はない。君は十分やってくれているよ」

「…………」

なぜか、人間の姿のルイ様が微笑《ほほえ》んだように感じた。結婚してから二年、こんなにも優しく声をかけてもらったことなんてなかった。

この方はこんなにも優しかったのね。

今まで、私を睨《にら》んだり無視してきた旦那様とはまるで別人だ。私が旦那様の前では偽物の姿だったように、あの冷たい旦那様も本当の姿ではなかったのかしら。

……まぁ、私を嫌って態度を悪くしていたのは紛れもない事実だけれど。

きちんと誤解が解ければ、形だけの妻とはいえこうして普通に会話することもできるのかもしれないわ。

「どうした？　え――と……そういえば、ずっと君と呼んでいて名前を聞いていなかったな。名前を教えてもらえるか？」

「！」

名前……どうしよう。言ってみる？　私はあなたの妻のリリーだって。でも、急に態度が冷たくなったら――。

「私の名前は……リア、です」

「リアか。改めてよろしくな」

「よろしくお願いします」

ダメだわ。本当のことを言えなかった。誰とも仲睦《なかむつ》まじく話すことのないこの家の中で、まさか一番苦手に感じていたルイ様とお話しするのがこんなに楽しいなんて。慣れていたはずなのに、冷たくされたくないと思ってしまうなんて。

騙《だま》してごめんなさい。ルイ様。

「それにしても、スープの味もひどいものだったぞ。本当にリアは毎日あんなものを食べているのか？」

「あ、はい」

違うとごまかしたいけれど、これから実際に見られたらバレてしまうわけだし正直に言うしかないわよね。

私の返事を聞いて、ルイ様は怒りを露《あら》わにした。腕を組んで「元に戻ったら料理長を呼び出しだな」などとブツブツ呟《つぶや》いている。

そのとき、この部屋に続く階段を上がってくる足音が聞こえた。

誰か来る！　アルビーナ様!?

バッと後ろを振り返ったとき、ノックもされずに勝手に扉が開いた。そこに立っていたのはメイドのグレンダだ。

「いつまで食べてるんですか!?　……って、もう終わってるじゃない！　いつまでここにいるつもりですか？　覗きの次はサボり？」

「ごめんなさい。すぐに行くわ」

「はあ〜。だったら早く自分から動いてくれます？　わざわざここに来るの面倒なので！」

「ええ。次から気をつけるわ」

グレンダはジロッと私を睨みつけたあと、わざとらしいくらいに大きな音を立てて階段を下りていった。グレンダが入ってきた瞬間、お皿の陰に隠れていたルイ様が驚いた様子で立ち上がる。

「……なんだ、今のは。あれがうちのメイド？　同僚に向かってあんな態度を取っているのか？」

「………」

「いつもあんな感じなのか？　メイド長に相談は？」

「相談はしたことありません」

そもそもそのメイド長も率先して私に厳しいしね。……なんて言えないけど。

「あの、私は仕事に戻ります。ルイ様はどうされますか？　このままこのお部屋にいてもかまいま――」

「なぜそんな平気そうな顔をしているんだ？」

「え？」

「あんな態度を取られて悔しくないのか？　悲しくはないのか？」

「……いえ。慣れていますので」

あまりにも真剣な顔で聞かれるものだから、ついポロッと本音を言ってしまった。

『慣れている』という言葉に、ルイ様が悲しそうに顔を歪ませる。

あ。言わないほうがよかったかしら。

「……ではなくて、慣れてるというか、えっと……とにかく私は全然気にしていませんから。で

「は、失礼しますね！」

無理やり話を終わらせて部屋を出る。

さっき言った自分の言葉には、今までのルイ様に対する皮肉が混じっていた。それに気づき、とても恥ずかしくなったのだ。

あんな言い方をしてしまうなんて……。

でも、つい『あんな態度？　それはあなたも同じだったわ』って思ってしまったんだもの！

……本人はきっとあの言葉の中に自分への文句が混ざっているとは思っていないでしょうけど。

「はぁ……」

ため息をついて階段を下りると、ちょうど屋根裏部屋に近づこうとしていた人物と目が合った。

義姉のマーサ様だ。

マーサ様はジロッと私を睨みつけて、「こっち来て」と私を呼び出した。おそらくルイ様の行方不明の件についてだろう。

何を言われるのかしら……。

もう一度大きなため息をつきたくなるのをグッとこらえ黙ってマーサ様のあとについていくと、案内された部屋にはアルビーナ様がいた。他に使用人の姿はなく、私たち三人だけだ。

「グレンダから聞いたけど、あんた……さっき玄関でのやり取りを盗み聞きしていたらしいわね！」

ドカッとソファに座り込みながら、マーサ様が険しい顔で聞いてくる。腕と足を組み、眉間にシワを寄せてこちらを睨むその姿は、とても由緒正しき公爵家のご令嬢とは思えない。

「……はい」

「ふんっ！　ほんっとうに卑しい女ね！　それで？　そのときにルイが行方不明だって聞いたはずよね？　それなのに、あんたは呑気《のんき》に昼食を食べていたって本当なの⁉」

あのメイド、だいぶお口が軽いようね。こんな短時間でマーサ様にすべてお話ししてるなんて。

アルビーナ様は黙ったままだが、不機嫌そうにずっと私を睨んでいる。

「昼食は話を聞く前に食べ終わっておりました。ルイ様が行方不明と聞いたショックで、部屋で呆然としていたのです」

「嘘《うそ》ね！　さっき階段を下りてきたあんたは、全然悲しそうな顔なんてしてなかったもの！　ルイが行方不明で喜んでるんじゃないの⁉」

「そんなことはありません！」

「口答えすんな‼」

ガチャ――ン‼

カッとなったマーサ様が私にティーカップを投げつけ、壁に当たったカップが激しく割れた。

「ルイがいなくなったらこの家は自分のものだとでも思って喜んでいるんでしょ！」

「！」

「言っておきますけどね、あんたに実権なんてないから！　形だけの妻なんてすぐに追い出してやるわ！」

「…………」

口答えをするなと言われたので黙っていただけなのに、私が何も返事をしないことで反抗していると思われたようだ。ソファに座っていたアルビーナ様がス――ッと静かに立ち上がり、低く冷静な声で話し出した。

「もしこのままルイが見つからなかったら……マーサに婿を取り、その者にこの公爵家を任せるわ。グズ女にはこの公爵家の財産を渡すつもりはないから、そのつもりでいなさい」

「…………」

この人たちは何を言っているの？

形だけの妻を追い出す？　財産を渡すつもりはない？　……ルイ様が行方不明だと知って、まず最初に私にこの家を乗っ取られるのではと心配をしたの？

ルイ様を溺愛していると思っていた義母と義姉。その二人から告げられた言葉に違和感を覚える。

今は行方の知れないルイ様を心配して憔悴《しょうすい》していると思っていたのに……。まさかルイ様よりもお金の心配を？

それに、私の信用もここまでないなんて。誰もこの家を私のものにしようなんて思っていないわよ！

でも、そう伝えたところできっとこの二人は信じないし、また口答えをされたと怒るだろう。

ここは素直に返事をしておくのが一番だ。

「わかりました」

「……今日は屋敷の掃除はしなくていいわ。部屋で縫い物でもしていなさい」

「はい」

下手にこの屋敷の中を動いてほしくないのね。私が何か重要な書類でも盗むと思われているのかしら？　まぁ今はルイ様もいるし、部屋にいられるならそのほうがいいわ。

私は裁縫の道具が置いてある部屋に向かい、必要な物を持ってまた屋根裏部屋へ戻った。

ルイ様の心配をしてない二人を見て冷たいと思ったけれど、きっと向こうも平然としている私を見て同じことを思ったでしょうね。でも仕方ないわ。私は本人が（命の面では）無事だって知っているんだもの。

「戻りました」

カチャ
そう言いながら部屋の扉を開けると、机の上で丸くなって寝ているルイ様がいた。短い手足はうまく毛に隠れているらしく見えない。

かわっ……！　可愛いわぁぁぁ！！！

その愛らしい姿に、さっきまで感じていたモヤモヤが一気に晴れた。

白銀色のふわふわな丸い小動物――ぎゅうっと抱きしめてしまいたいほどに可愛い。もちろん、そんなことできるわけないけれど。

寝てしまったのね。ベッドに運んだほうがいいかしら？　でも触ったら起こしてしまいそうだわ。それに、このベッドじゃ固くてあまり机の上と変わらないかも……。

う――ん……と唸《うな》りつつ、ふと自分の持っている裁縫道具と布に気づく。

あっ！　小さい簡易布団を作ればいいんだわ！　私の固いベッドよりもきっと寝心地がいいはずよ。

そうと決まれば！　と、こっそり寝ているルイ様のサイズを確認して作業を始めた。


「……あれ？　俺は寝ていたのか？」

「あ。起きましたか？　もうすぐ夕食の時間ですよ」

「うわっ！　な、なんでそんな暗い中にいるんだ？」

ムクッと起き上がったルイ様は、小さなランプを灯《とも》し、その近くでひっそりと作業している私を見て驚きの声を上げた。

窓の小さいこの屋根裏部屋は夕方になるとすぐに真っ暗になってしまうのだ。支給されているランプはとても小さいため、部屋全体を明るく照らすことができない。

真っ暗な部屋の中で、小さな灯《あか》りに照らされ浮かび上がった私の顔はきっと幽霊のように見えたことだろう。

「すみません。灯りが小さいもので」

「……そのベッドに置かれた大量の服はなんだ？」

「これですか？　使用人の服です。破けてしまったものを直したり、サイズが変わってしまった分を調整したりしています」

「それも雑用の仕事なのか？」

「まあ……そうですね」

　本当は雑用ではなく公爵夫人ですが。

　貧乏男爵令嬢だった私は、刺繍《ししゅう》をして少しお金を稼いでいたため裁縫はわりと得意なのだ。この家に嫁いできてからはさらに裁縫をする機会が増え、今ではメイドたちよりも上手に縫い物ができる自信はある。

「ルイ様、机の上で寝て体は痛くないですか？」

「ああ。大丈夫だ。……こんなにぐっすりと寝たのは久々だな」

「お疲れだったんですね。これ、今さらなんですがよかったら使ってください」

　最初に作ったルイ様用の小さなクッションを、そっと机の上に置く。

「これは……もしかして俺のベッドか？　リアが作ったのか？」

「はい」

　ルイ様はクッションに小さな手を乗せたあと、ポフッと可愛らしい音を立ててその上に乗った。サイズはピッタリだ。

「すごいな。ありがとう、リア」

「！」

ルイ様から初めてお礼を言われたわ。

いえ……ルイ様どころか、この家に来て初めて……。

なんとも言えない感情が押し寄せてきて、涙が出そうになった。

たったそれだけでこんなに嬉しいと思ってしまうなんて……私って単純ね。

「いえ。……夕食を取りに行ってきますね」

涙に気づかれたくなくて、私は足早に扉に向かった。


「夕食が……ない？」

「はいっ。ごめんなさいっ」

呆然としているルイ様に向かって、床に膝をついて謝る私。先ほど夕食を取りに調理場へ行ってきたけれど、アルビーナ様に今夜は私に食事を出すなと言われたらしく受け取ることができなかった。

まだ怒っているんだわ。まさか夕食を抜きにされるなんて……。ルイ様の分も必要なのに。

ルイ様は納得のいかない様子でカッと机を叩《たた》いた。バン！　という迫力のある音ではなくカッ！　という軽い音が可愛らしく、つい噴き出しそうになる。

「なぜだ？　何か失態をしたならともかく、リアはずっとここで仕事をしていただけではないか」

「そうなのですが……」

「これまでも、食事を与えられなかったことはあるのか?」

「……はい」

ここで、今回が初めてですと言っても信じないだろう。私は素直に認めることにした。

「ごめんなさい。ルイ様の分だけでももらえたらよかったんですが」

「俺のはかまわない。それよりリアの分だ。俺に分けたせいで、リアは昼食もまともに食べていないというのに」

「私は大丈夫です」

「……また慣れているとでも言うつもりか?」

「……」

エメラルドグリーンの瞳にジロッと睨まれて、私はそれ以上何も言えなくなる。ルイ様は黙り込んだ私を見て、はあっ……とため息をついた。

「まさかこの家の使用人がこんな扱いを受けているとは知らなかったな。母に伝えることができればすぐに改善してもらえるだろうが、今の姿では話すこともできないし……」

「……」

というか、そのお義母様《かあ》がすべての発端なんですけどね? ルイ様の前では優しく聡明な母親を演じていらっしゃるから、言っても信じないでしょうけど。

考えていることが顔に出ないように、微笑みながらその言葉をスルーする。なんて答えればいいのかわからないのだから仕方ない。

すると、ルイ様が少し考え込んだあとに静かに尋ねてきた。

「俺の妻……リリーと話したことはあるか？」

「はいっ!?」

突然自分の名前が出て、声が裏返ってしまった。しかし、ルイ様はその返事を肯定と受け取ったらしい。

「あるのか。何か嫌なことを言われなかったか？」

「嫌なこと……ですか？」

「ああ。母や姉から聞いたのだが、リリーは毎日メイドたちに嫌がらせをしているそうなんだ」

嫌がらせをしてる？　私が？　あ。そういえば、そんな風に言われていたんだっけ。どんなことをしていると言われているのかしら。

「どんな嫌がらせですか？」

「聞いた話によると、罵倒や暴力は日常茶飯事で何人ものメイドをクビにしているらしい」

「………」

何人ものメイドをクビに？　それをやっているのはマーサ様だわ。

「それから、到底できないような仕事を無理にさせようとしたり」

「………」

「あとは花瓶の水を頭から被《かぶ》せたり、メイドが身につけている服を破いたりと相当なことをしているらしい」

「…………」

それは、全部私がマーサ様からやられたことばかりだわ。ルイ様の中では、私がメイドたちにやったことになっているのね。

「母や姉が被害に遭ったメイドをうまくフォローしてくれているらしいが、本当に困ったものだ」

「…………」

げんなりした様子で話すルイ様を、少し冷めた目で見てしまう私。

すべて間違っている。何もかもが違う。いつも会うたびに私に冷たい視線を送ってきたルイ様。そんな話を聞いていたら嫌悪感たっぷりの目になってしまうわよね……と妙に納得してしまった。私を悪女に仕立てているのは知っていたけど、まさか自分のやったことを私のせいにしていたなんてね。

軽いショックを受けると共に一つの疑問が浮かんでくる。

「あの、ルイ様」

「ん？　なんだ？」

「こんな質問するのは失礼かもしれませんが、その……どうしてそんなお話を聞いても離婚しようと思わなかったのですか？」

「離婚？」

「はい」

可愛いつぶらな瞳をパッチリさせて、ルイ様はう――んと小さく唸った。

「メイドたちには申し訳ないが、新しい妻を探すのも面倒だから……かな」

「面倒……」

「ああ。結婚する前は、毎日宰相の娘やら大臣の親族やらとの婚約の話が絶えなくてな。夫婦関係がないにしろ、妻という存在はいてもらわなければ困るんだ」

それって、女避《よ》けのためってこと？　それだけのために悪女だと思ってる私と離婚しないだなんて、面倒くさがりにもほどがあるわ。

思わず呆れた視線を向けてしまったが、ルイ様は気づいていないようだ。

「それで、どうなんだ？　リアはリリーから何か嫌がらせをされていないか？」

「え、と……」

どうしましょう。ここは話を合わせておいたほうがいいのかしら？　でも、自分でやってもいない悪行を報告するなんて絶対に嫌だわ！

「……何もされていません」

「何も？　罵倒されたり暴力を振るわれたこともないのか？」

「ありません」

むしろお優しい方ですよ？　なんて言ってしまいたくなったけれど、さすがにそれは恥ずかしいのでやめておいた。

「本当か？　リリーを庇《かば》っていないか？」

「本当です。今までリリー……様に何かされたことはありません」

「そうか……。今回の食事抜きはリリーの嫌がらせかと思ったが、違うようだな」

えっ？　私が疑われていたの？　何もされてないって答えてよかったわ。

それにしても、もっと疑われるかと思ったのに意外にもすんなり信じてくれたわね。絶対にあの悪女のせいだ！　くらい言われてもおかしくないのに。

でも、よく考えてみたらルイ様に強く罵倒された記憶はない。

いつも冷たく軽蔑した目で見られてはいたけれど、義母や義姉のように私を怒鳴りつけてくることはなかった。

無口で冷たい方かと思っていたけど、実際には優しくてとても話しやすいわ。誤解されていなかったら、形だけとはいえ仲の良い夫婦になれていたのかも…………って、いや。何を考えているのよ私は！

「どうした、リア⁉　顔が真っ赤だぞ」

私を見たルイ様が、ギョッとした様子で声を上げた。

そんなに驚かれるということは、私が思っているよりも顔が赤くなっているのかもしれない。

まさかあなたとの良好な夫婦関係を想像してしまったんです……なんて言えないわ！

「なんでもないです」

私は両手で頬を隠すように包むと、小さな声でそう答えた。

でも、ルイ様は一度でもお義母様たちの話が嘘かもしれないって疑わなかったのかしら？　どうして全面的に義母たちの言葉を信じてしまったの？　という怒りもあるけれど、どこか理解してしまっている自分もいる。

まぁ、無理もないわね。

私はルイ様の前では無駄に宝石をつけまくっていた派手好きな夫人だったんだもの。散財していると聞いても疑わなかったでしょうし、何より仲睦まじい家族とよく知りもしない私とでは信頼度も違うし……。

私だって、両親とルイ様のどちらを信じるかって聞かれたら両親だと即答するもの。会話すらない関係なのだから当然よね。

とはいえ、実際に私用のお金を使っていたのはマーサ様ですけどね⁉　私は何も買ったことないわ。あのたくさんの宝石だって、全部マーサ様のお古だし！　宝石に興味のないルイ様は、私がつけているアクセサリーがいつも同じだったことには気がついていないと思うけど。

少し恨みがましい目でルイ様を見ると、綺麗《きれい》なエメラルドグリーンの瞳と目が合った。

「本当に大丈夫か？　熱が出たんじゃ……」

「だ、大丈夫です！　それより、その話を聞いてルイ様は直接リリー様を問い詰めたりしなかったのですか？　そういうことはやめろ！　って」

今までにルイ様から何かを責められたことはない。

そんな話を聞いても、直接私に文句を言いにこなかったのはどうして？

ルイ様は少しバツの悪そうな顔でボソッと声を発した。

「本人に直接言ったことはない」

「それはなぜですか？」

「母と姉に、自分たちがどうにかするから任せてと言われていたんだ」

「…………」

それって、自分たちの嘘がバレないように私たちを会わせないようにしてたってことよね？

ルイ様は私の作ったクッションを気に入っているらしく、疲れたような顔をしてそこにモフッと座った。そして、前のめりになって手と手をちょんとくっつけている。どう見ても白いモフモフの小動物なのに、なぜか一瞬両膝に手を置き指を組んでいる貴族男性のように見えてしまった。

「それからもう一つ理由がある」

「もう一つ？」

「……リリーは俺のことが……その、『生理的に無理』……だからと、近寄ってほしくないと思っているそうなんだ」

「…………はい？」

ルイ様はあまり言いたくなかったのか、めずらしくしどろもどろな言い方で話してくれた。自分が女性から『生理的に無理』だと言われたなんて、口にしたくないのも当然だ。

……って、私はそんなひどいことを言ってませんけどね⁉

えっ、えええ⁉　何それ⁉　私、ルイ様に対してそんなことを言っていたって思われているの!?

違います！　とすぐに否定したいところだけど、今の私は雑用のリアなのだから何も言うことができない。

「初めての顔合わせのあと、リリーがそう言っていたと姉から聞いた。会話も挨拶すらもしたくないから、今後は絶対に近づかないでほしいと言っていると」

「…………」

初めての顔合わせのあとに？　じゃ、じゃあ……一度も私の部屋を訪ねてこなかったのも、会話すらなかったのも、挨拶しても無視されていたのも……あっ。

「で、でも、ルイ様がお帰りになった際にはリリー様はお出迎えをされていたのでは？」

そうよ。本当に嫌っていたのなら、そんなことしないでしょ？

「それは母が説得してなんとか来させていると聞いた。暇な時間だから仕方なく来ただけだろう。その証拠に、朝の見送りには一度も顔を出したことがないからな」

「…………」

私のお出迎えがアルビーナ様の手柄にされているわ。それに、朝の見送りに行かなかったのはアルビーナ様の命令だったからなのに……。

見事に自分の株を上げて私の株を下げることに成功している。

私を悪女に仕立てながら、自分たちの信頼度を高めているのね。どんどん私が嫌われていくわけだわ。

まさか私がルイ様を拒否していることになっていたなんて……。

どこまで先を読んで動いていたのかと、その巧妙な裏工作の出来具合にアルビーナ様たちを尊敬してしまうほどだ。

予想していなかった事実にショックを受けて項垂《うなだ》れていると、ルイ様がふと思い出したかのように話し出した。

「そういえば、昨日二人はこの姿の俺を見てものすごく大声で叫んでいたな。あんなに大きな声を出せるのかと驚いたよ。姉は元気がいいが、母はいつも静かに落ち着いて話す人だから」

「…………」

ルイ様がいない間は、いつも金切り声で私を罵倒してきますわ。

「……ルイ様はお二人と仲が良いのですね」

少し皮肉もこめてそう問いかけると、意外にもルイ様は複雑そうにフッと苦笑いをした。

まるで素直にその言葉を受け入れられないような顔だ。

「仲が良い……か。たしかに、母も姉も俺によくしてくれている。家のことは気にせず騎士の仕事に専念できるのも母のおかげだ」

「…………」

「母の手腕はすごくてな。事故で父が突然死んでしまったあとも、この公爵家を窮地に陥らせることなく支えてくれている」

「公爵様はいつお亡くなりに……？」

「俺が一一歳のときだ。父の遺言書には俺に跡を継いでほしいと書いてあったんだが、騎士を目指していた俺のために母が仕事を引き受けてくれたんだ」

「そう……なのですね」

この国では女性でも公爵を引き継いで当主になることができる。

実質この家の仕事をしているのはアルビーナ様なのに、当主がルイ様になっているのはお父様の遺言だったからなのね。

でも、そこまで仕事のできるアルビーナ様ではなく、騎士を目指していたルイ様を当主に指名されたのはどうしてなのかしら？

「そこから母は本当に忙しくなってな。そんな母や騎士の学校に通う俺をずっと応援してくれていたのが姉だ。俺や母にはないあの明るさにだいぶ助けられた。だが俺は二人に何もしてあげられていない」

「……………」

「リリーのことも二人に任せてばかりだ」

「それは……」

「だから仲が良いというより、俺がただ面倒をかけているだけ、だな」

「ルイ様……」

アルビーナ様とマーサ様に対してそんな風に思っていたのね。お二人への感謝の気持ちと罪悪感が嫌というほど伝わってきたわ。だからアルビーナ様の言葉もすんなり信じたのね……。

私には冷酷で意地の悪い人たちだけど、ルイ様にとったら素敵な母と姉なんだわ。

でも……さっき大きな声を出した母に驚いたって言っていたけど、お二人はルイ様に気づいていないから彼の前で本性を出してしまう可能性があるのよね。

今回は大声を聞かれただけで済んだけど、もし私を罵倒しているところを見てしまったら？

優雅で聡明だと思っている義母や義姉の本性を目の当たりにしたら、ルイ様はどう思うのかしら？

それを想像すると、少し胸がざわつくのだった。


「あんたは今日も部屋で仕事をしてなさい！　ルイが帰ってきたときに渡せるように、このハンカチに刺繍をするのよ！　無事に帰ってくることを祈っていたというようなデザインにして」

「はい。マーサ様」

次の日の朝。

朝食を取りに来た私を呼びとめて、マーサ様が白いハンカチを手渡してきた。

「……ルイの新しい情報が入ってないか、聞いたりしないのね。本当に冷たくて最低な女だわ！」

だってルイ様は今、私の部屋にいるもの。

そんな言葉を胸にしまい、私は冷静に聞き返した。

「見つかったのですか？」

「まだよ！　でも、あのルイがそう簡単にやられるはずがないもの。きっと戻ってくるはずよ。まぁ、今は帰ってこないからあんたに食事は与えないってお母様が言ってたけどね」

「！」

「昨夜も今朝も、出してもらえなかったでしょ？　いつまで耐えられるかしら？」

ニヤニヤと笑うマーサ様は心底楽しそうだ。私が空腹で苦しむ姿を見るのがよほど嬉しいのだろう。この歪んだ笑顔のマーサ様をぜひルイ様にも見せて差し上げたい。

でも、食事をもらえないのは正直困るわ。私だけならともかく、今はルイ様の食事でもあるのに……。

「安心してよ。さすがに死なれては困るから、私が分けてあげるわ」

「え？」

そう言って、マーサ様は近くにいたメイドのグレンダを呼んだ。最初からそのつもりで待機していたらしく、グレンダは何か言われる前にマーサ様に丸い布の包みを手渡した。

「これはね、クッキーよ。グレンダがあんたのためにわざわざ焼いてくれたのよ」

「…………」

「ありがたいでしょ？　早く受け取りなさいよ」

「……ありがとうございます」

何？　朝食はくれなかったのに、クッキーをくれるの？　私のために焼いたなんて嘘だと思うけど、どういうこと？

疑問はたくさんあるけれど、いやらしくずっとニヤニヤしている義姉とは早く離れたい気持ちのほうが強かった。

気味が悪いわ。でも、なんとかルイ様に召し上がってもらえるものが手に入ってよかった。

その袋を大事に持ち屋根裏へ続く階段を上がっていく私を、マーサ様とグレンダが意味深な笑顔で見送っていた。

「ルイ様、朝食のクッキーです」

「朝食の……クッキー？」

机の上に座っているルイ様は、今のは聞き間違いか？　という顔で私を見上げた。

今までに朝食としてクッキーを食べたことがないのだから、不思議に思っても仕方ない。

「ごめんなさい。今朝もお食事をもらえなくて……。でも、メイドが作ったクッキーをくれたんです。これでなんとか……」

「また食事をもらえなかっただって!?　料理長はいったい何を考えているんだ!?」

ルイ様は激昂《げきこう》した様子で立ち上がったけれど、短い足で立っている姿は恐ろしいどころか可愛さで溢《あふ》れている。こんな愛らしい生き物を見られるのなら、少しくらいご飯を減らされてもいいと思ってしまうほどだ。――なんて口が裂けても言えないけれど。

だいぶ怒っているわね……。とりあえずクッキーを食べて怒りを鎮めてもらわないと。このままではこの姿で料理長のもとへ行ってしまいそうだわ。

ルイ様の正体に気づかないまま料理長がルイ様を捕まえてしまっては大変だ。私は慌てて持っていた包みをテーブルの上に広げた。

「さあ！　とりあえず食べましょう！　クッキーも結構お腹にたま…………あれ？」

「…………なんだ、これは」

広げた布の上には、真っ黒の丸い塊がたくさんある。一瞬何かわからなかったが、これは焦げたクッキーだ。

真っ黒！　まさかこんなに焦げたクッキーだったなんて！

あのときニヤニヤしていたマーサ様たちの顔が浮かび、なぜあんなに楽しそうだったのかを理解した。

私への嫌がらせのためにわざわざ焦げたクッキーを？　食べ物を粗末にするなんて許せないわ。

……でも、それよりもルイ様の食事をどうしよう……。

「あの、ごめんなさい！　まさかこんなに焦げているなんて思っていな──」

そう謝りながら振り返ると、ルイ様は黒いクッキーのそばで小さな体をプルプルと震わせていた。怒りでそうなっているのか、オーラが怖い。

「ル、ルイ様？」

「料理長といい、このクッキーを渡してきたメイドといい、なんなんだ……？　なぜこんなにもリアを冷遇する？」

「あの…………あっ！　ルイ様!!」

ルイ様は小動物特有の動きの速さで、テーブルから飛び降りるなり扉に向かって走り出した。

そして体をペタンコにし、扉の下の少しだけ空いたスペースから出ていってしまった。

ええっ!?　あそこを通れるの!?　なんて驚いている場合じゃないわっ！　捕まったら大変！

「待ってください！」

慌てて私も扉を開けたが、もうルイ様の姿はなく走っている音も一切聞こえなかった。

速っ!!　もう！　どこに行ってしまったの!?

バタバタと階段をかけ下りると、グレンダと廊下でばったり会ってしまった。グレンダは私の慌てた顔を見るなりニヤリと笑う。

「先ほどのクッキーのお味はいかがでしたか？」

「……食べていないわ」

「まあ。どうしてです？　お腹が空いているのでは？」

クスクスと笑うグレンダは、私の不快そうな様子を喜んでいるようだ。

「こんなことのために食べ物を粗末にするなんて……」

「あら、安心してください。あの食べ物は元々腐っていたものなので、何も問題ないですよ」

「！」

元々腐っていた!?　それを焼いて焦がして、私に食べさせようと!?

「なぜそんなひどいこと――」

「どういうことだ？」

「!?」

理由を問いただそうとしたとき、背後からルイ様の低い声が聞こえた。グレンダにはルイ様の声は聞こえていないらしく、突然後ろを振り返った私を見て驚いている。

「なんですか？　後ろに何かあるの？」

「…………」

グレンダの質問に、私は何も答えられない。なぜなら、怒りで毛をバサバサに立たせてこちらに向かってくる小さな獣が見えているからだ。

ど、どうしましょう！　ルイ様、すごく怒っているわ!!

廊下の先に白銀色の小動物が見える。声が聞こえたので私にはすぐに見つけられたけれど、誰か人がいるのかと視線を上げて探しているグレンダはまだルイ様に気づいていないらしい。

ああっ！　ルイ様！　こっちに来てはダメです！

そんな私の願いが届くはずもなく、目を吊《つ》り上げたルイ様はちょこちょことこちらに向かって歩いてくる。

「腐った食べ物で作ったクッキー？　そんなものを、リアに食べさせようとしただと……？」

ブツブツ呟いている声が少しずつ近づいてくる。私が誰もいない背後をずっと見つめているからか、グレンダは怯えたような声を出した。

「何を見ているんですか？　とうとう頭がおかしくなったんじゃ……」

「リアの頭がおかしい？　頭がおかしいのはお前だろう」

グレンダの質問にルイ様が答えているが、もちろんその声もグレンダには聞こえていない。その声の低さに冷たい言い方。ルイ様がグレンダに対して相当な怒りを感じているのは間違いない。

どうしよう……！　ここでルイ様に話しかけるわけにはいかないし……。

「自分がやったことだ。自分でしっかり責任を取るんだな」

そうボソッと呟いたあと、ルイ様は私の前からパッと消えた。正確には、ものすごいスピードで私の横を通り過ぎたのだ。私がグレンダのほうを振り返ったときには、グレンダの口に黒い何かが挟まっていた。

「!?」

それがさっき渡された焦げたクッキーだと気づいたのは、砕けたクッキーのカケラがボロボロッと床に落ちたからだ。

あのクッキー持ってきていたの!?　いつの間に!?　そしてどこに隠し持っていたの!?

「きゃあああああっ!!」

その香りと食感で、焦げたクッキーだと気づいたグレンダが叫び声を上げる。

「なんでこれが!?　くっ、口の中に!!」

グレンダは真っ青な顔をして、口元を手で覆いながら足早にどこかへ行ってしまった。おそらく口の中に入ったクッキーを吐き出しに行ったのだろう。

ポツンと残された廊下は、し――んと静まり返っている。

「……ルイ様」

「なんだ？」

廊下に置いてある小さなサイドテーブルの陰から、白銀色の小動物がぴょこっと顔を出す。

「今、何をしたんですか？」

「自分で作ったクッキーを食べさせただけだ」

「……持ってきていたんですか？」

「ああ。この姿では叱ることもできないからな。口に入れてやろうと持ってきていたが、まさか元々腐っていたものだったとは……しかもリアに対してあの態度。元に戻ったら即解雇だな」

「………………」

堂々と言い放つルイ様を見て、呆れると同時にプッと噴き出してしまった。

実際に見ることはできなかったけれど、焦げたクッキーを持ったままジャンプしメイドの口にそれを突っ込んだなんて――。

こんなに小さいのに……！　そんなに高くジャンプしたなんて……。それに、自分の体の半分はある大きさのクッキーを抱えて……！

そんな姿を想像するだけで可愛い。グレンダには悪いと思うけれど、どうにも笑いが止まらない。

「ふっ……ふふっ……」

「……なぜそんなに笑っているんだ？」

「い、いえ。なんでもな……いです……ふふっ」

「？」

まさかルイ様が可愛らしくて――なんて言えるわけがない。プルプルと肩を震わせて笑う私を、ルイ様は不思議そうな顔で見つめていた。


さすがに私が倒れてしまうことを懸念したのか、昼食は少量であったが出してもらえた。

ルイ様と分け合って一緒に食事をとる。

「なんとか食べられてよかったですね。ルイ様」

「そのセリフはおかしいぞ、リア。食べるのは当然の権利なんだ。それに、この料理は決して『よかった』なんて言えるものではない。これも腐っているのではないか？」

「新鮮な野菜ではないからそう感じてしまうだけですよ」

「そんなものなのか……？」

不貞腐《ふてくさ》れた様子でブツブツ言っているが、その姿は頬袋が広がっているただの可愛い小動物だ。小刻みに動く小さな口が、さらに可愛さをプラスさせている。

ああ……なんて可愛いのかしら。なでなでしたいわ。あのふわふわの白銀色の毛をなでなでしたい……。

少しでいいので撫でさせてください！　と言いたいけれど、私は今ルイ様の妻ではなくこの公爵家の雑用ということになっている。当主であるルイ様だとわかっている上で、そんなお願いはできない。

まぁ……妻という立場だとしても、私とルイ様の現在の夫婦関係ではそんなこと絶対に言えないけど。もし私が妻のリリーだと名乗り、ルイ様の誤解が解けたなら今のように仲良くできるのかしら。

形だけとはいえ、ルイ様が元の姿に戻ったあとはちゃんとした夫婦になれる……？

それはまだわからないけれど、まずはルイ様の呪いを解く方法を見つけなければいけない。私は固いパンを頬張るルイ様に話しかけた。

「ルイ様。呪いを解く方法なのですが、どうやって調べたらよいのでしょう？」

「それは俺も考えていた。うちには魔女に関する本などはないから、王立図書館などに行くしかないかもしれない」

「王立図書館……」

「貴族しか入れないから、リアには無理だろう」

「………」

私は一応ドロール公爵夫人だから、王立図書館に入ることはできるけど……問題は家を出られるかどうかだわ。一人でドレスを着て身なりを整えて馬車に乗って図書館に行く——それが難しいわね。

「そこで考えたのだが――」

真剣な表情で話すルイ様を、ジッと見つめ返す。私を雑用だと思っているルイ様は、いったいどんな作戦を思いついたのだろうか。

何かいい案が……？

「俺の姉に頼んで、代わりに図書館に行って本を借りてきてもらうというのはどうだ？　姉は優しいから、リアがお願いすればきっと快く行ってくれるだろう」

「………」

全然ダメだったわ……。一〇〇パーセント失敗する作戦ね。

「どうだ？」

「えぇ――とぉ……」

どうしよう……もう、実際にマーサ様の本性をお見せしたほうがいいのかしら？

第三章　姉への疑惑（ルイ視点）

魔女の森で頻発に起こる行方不明事件。その調査をするため騎士団のリーダーとして森に入った俺は、見事その餌食になった。

団体で行動していたはずなのに、気づけば霧に囲まれ周りには誰もいなくなっていた。はぐれたというよりは、みんなが消えてしまったような感覚。姿が見えないだけでなく、声も気配も感じないのだ。

「みんな！　コリン！　どこだ!?」

視界の悪い中必死に声をかけるが返答はない。

「くそ……っ！　なぜ急に霧が……」

魔女の森と呼ばれてはいるが、魔女なんて信じていなかった。昔は魔法があったらしいが、それも本当だか疑わしい。

『最悪の大魔女』？　何百年前の話だと思っているんだ。そんなものいるわけない。

もしいたとしても俺なら勝てるはずだ――そう思っていた。

その女が現れたのは、霧に囲まれて五分ほど経《た》ってからだった。

「おや。まだ気を失わないとは、なかなかの精神力だね」

「!?　誰だ!?」

この森には家もなく、女や子どもはおろか男だって近寄らない。そんな森の真ん中で女の声が聞こえたことに心底驚いた。

「この森に入っておいて知らないとでも？」

その女が片手を挙げると、一斉に黒い鳥が森中から集まってきた。バサバサッという激しい羽の音を響かせて、俺の頭上をぐるぐると回り続けている。

「なっ……んだ、これは……」

「みんなアタシの可愛《かわい》いペットだ。アタシが命令すれば、すぐにアンタに襲いかかるよ」

「！」

何十羽と飛んでいるその鳥が、もし本当に一気に襲いかかってきたらかなり危険だ。突然仲間とはぐれ、突然知らない女が現れ、突然大量の鳥を操り出す――正直何が起こっているのかと頭の中が混乱しているが、俺の口からは自然とある言葉が出ていた。

「魔女……」

「そうさ。ここはアタシの森。勝手に入った罰として、アンタには消えてもらうよ」

「!?」

「……といっても本当に消すわけじゃない。姿を変えるだけさ」

そう言ってニヤリと笑った魔女は、細長い人差し指をこちらに向けた。爪がとても長いせいか、指が異様に長く見えて気味が悪い。

そんなことを思った瞬間、周囲の景色が変わった。森の中にいたはずなのに、いつの間にか生い茂るたくさんの葉に囲まれていた。

なっ……なんだここは⁉

空は見える。不思議なことに、雲の位置も変わっていない。先ほどと同じ場所に立っているようなのに、見える景色が全然違う。どうなっているのかと、近くの葉に触ろうとしたとき——自分の体の異変に気づいた。

「うわあああっ」

短い手には、白い毛がふさふさと生えている。バッと下を向いて自分の体を確認すると、何かの動物になっているのがわかった。地面までが近い。かなり小さな動物だ。

「ど、どうなって……⁉」

「あははははは！　これはまた可愛いモンになったねぇ」

明るかった森に突然の暗闇が訪れた……と思ったら、魔女の影であった。魔女は俺の前にドスン！　と座り込むと、楽しそうな笑みを浮かべながらジロジロと見てきた。

「なんの動物になるかはわからないが、こんなに小さくて可愛い動物になったのは初めてだ」

可愛い動物だって⁉　ふざけるな！

「おい！　早く元に戻せ‼」

「元に戻りたいなら、自分でがんばりな」

「何？　自分で戻ることができるのか？」

「ああ、もちろん。アタシの願いを叶《かな》えたらね。まぁ今までに叶えてくれたヤツは一人もいなかったけど」

「どんな願いだ？」

「それはね※▲○◆だよ」

「え？」

なんだ？　今の言葉は。

「聞き取れなかった。もう一度――」

「それから、アンタは周りから見たらただの小動物だ。もちろん話もできない。だけどね、アンタの正体を見破った者とだけは話ができるようになる。がんばってたくさん味方を見つけることだね」

「俺だと気づいた者とだけ!?　こんな姿で、俺だってわかるはずがない！」

「誰にも気づかれなかったら……それはお可哀想《かわいそう》なことだ」

あはははっと大声で笑う魔女を、俺はただ見上げることしかできない。

「チャンスとしてアンタの家に送ってやろう。家族であれば、もしや気づいてもらえるかもなぁ？」

「なんだと？」

そう返した次の瞬間には、すでに景色が変わったあとだった。

先ほどと同じように緑の葉に囲まれてはいるが、たくさんのピンク色の花びらが見える。そして、見える建物は間違いなくドロール公爵家だった。

本当にあの一瞬で家に戻ってきたのか？

早馬だとしても、あの森からここまでは数時間はかかる距離だというのに。

「うっ……」

ズキッ
突然、頭に猛烈な痛みが走る。この異様な移動のせいか、小動物にされたせいか、頭がクラクラして記憶が曖昧になっていく。

「～～♪　～～♪」

「！」

なんだ？　鼻歌？　誰だ？

頭痛が治まってきたとき、突然頭上から歌が聞こえてきた。

花や草が邪魔で、人の姿が見えない。高くてきれいな声に明るいテンポの曲。歌っている人物がご機嫌であることがうかがえた。

メイドか？　聞き覚えのない声だ……。

そう思った瞬間、突然自分の下に何か大きなものが入り込んできて、いとも簡単に俺を持ち上げた。数十メートル上空に持ち上げられたと思うほどの衝撃に驚いていると、目の前には俺をジッと見つめる女の顔があった。

うわっ！　だっ、誰だ!?

見たことのない女。薄い紫色の髪に、ピンク色のぱっちりとした大きな瞳。色が白く、可愛らしい顔をしている。

メイドか……？

「まぁ……なんて可愛いの。なんという動物なのかしら？　どうしてここに？」

女はそう言いながら、俺の背中を指で撫《な》でている。

可愛い⁉

撫でるな！　と言ってやりたいのに、どうにも撫でられている部分が心地よい。これはこの動物の体のせいなのか。

……だが、たとえ言ったところで通じないんだったな。

俺の正体に気づいた者としか話せないと魔女は言っていた。

はぁ……と大きなため息が出てしまう。可愛いなんて言われているこんな小動物が俺だなんて、いったいどこの誰が気づくというのか。

そのとき、俺を撫でたままずっと見つめていた女が口を開いた。

「もしかして、あなたはルイ様？」

……なんだって？

「ふふっ……なんてね」

メイドはフッと口角を上げて柔らかく笑った。自分でもおかしなことを言った自覚があるらしい。だが、その直感はおかしなことでもなんでもなく、まさに事実なのだ。

「なぜわかったんだ⁉」

「え？」

俺の叫びに反応している。俺の声が聞こえている。魔女の言っていた通り、本当にこのメイドは俺の正体に気づいたのだ――。


あのときは本当に驚いた。

誰にも気づかれないだろうと思った矢先、まったく知らない女に見抜かれたのだから。

母や姉にも気づいてもらえるかもしれないと期待して会いに行ったが、二人は悲鳴を上げて捕まえさせようとしてきた。もしあそこで捕まっていたら、間違いなく殺されていただろう。

母も姉もわからなかったというのに、なぜかすぐに俺に気づいた不思議なメイド――リア。

明るくていつも笑顔で、仕事も真面目にやっている。こんな姿をした俺をバカにすることなく、色々と気を使ってくれる優しい人だ。

それなのに、なぜか他の使用人からの扱いがひどく、食事も部屋も服もまともなものを与えてもらっていない。本人はそれを悲しむどころか「慣れていますので」と言う。

なぜリアがこんな扱いを受けているんだ⁉　うちの使用人は、同僚に対してそんなことをするようなヤツらだったのか？

なんとかしてやりたい――けれど、今の俺には何もしてあげることができない。

使用人の管理を任せている母や姉は、このことを知っているのだろうか？

リリーが使用人をいびっているという話はされたことがあるが、使用人同士の揉《も》め事などは聞いたことがない。

しかも、そんなリリーからは何もされていないとリアは言っていた。

どうなっているんだ？　使用人に嫌がらせをしていたというリリーはリアには何もせず、被害者だった使用人たちがリアに嫌がらせをしている？

妻であるリリーに対しては、他にも気になることがあった。

母や姉から聞かされていたリリーの生活は、本当にひどいものだった。毎日家中に響き渡るくらいに叫んで騒がしくしていたり、商人を家に呼びつけるか自分が街に行くかして買い物三昧に贅沢《ぜいたく》三昧な日々――だと。

しかし、この姿で家に戻ってからは一度も彼女の姿を見ていないし声も聞いていない。屋敷の中はいつだって静かだし、窓から見える門からも特に人の出入りがない。

まるでリリーという存在がいないかのようだった。

妻……といっても、今では顔すらよく浮かばないほどの関係だけどな。

俺は他の家からの婚約の申し込みを断る口実のため、リリーは実家の補助と自由に過ごせることの生活のため。

お互いの利害が一致した、形だけの夫婦――それが俺たちだ。

いくらそういう『契約』だったとはいえ、俺はここまで無関係を貫くつもりはなかった。

同じ家に暮らしているんだ。挨拶や多少の会話くらいはあってもいいと思っていたが……相手から近づいてほしくないと言われたなら、無理に話す必要もない。

リリーがそれを望んでいるのならば別にそれでいい。

だが、もし……。

もし相手がリアのように素直で優しい女性だったなら、使用人がいじめられることもなく母や姉も苦労することはなかったんじゃないか？　俺とだって、こんな冷めきった関係ではなくもっと楽しく会話をしたりできたのかもしれない。いくら本物の夫婦関係ではないとしても、何もこんなにお互いを嫌っている必要もないのだから。

リアが妻だったら……。

そこまで考えてハッとする。今、俺は何を考えていたのか。頭の中には、さっき廊下で笑っていたリアの姿が浮かんでいた。

リアが妻だったら……なんて、いったい何を考えているんだ俺は！

人間だったなら顔が赤くなっていたかもしれない。それくらい、体中がカッカと熱くなっていた。

リアは今昼食の皿を片づけに行っていて部屋にいない。今このタイミングでリアがいなくて本当によかった。そう思ったとき、カチャリ……と静かに扉が開いた。

「！」

誰だ!?　リアの開け方じゃない。

咄嗟《とっさ》に机の上に置いてあった裁縫道具の陰に隠れる。扉を開けた人物は、そろそろとできるだけ音を立てないように歩きながら部屋に入ってきた。

ここはリアの部屋だぞ⁉　いったい誰が勝手に入って……。

「⁉」

その人物を見て、俺は思わず声を出しそうになった。まるで泥棒のようにコソコソと部屋の中を歩き回っていたのは、俺の姉──マーサだ。

な……なぜリアの部屋に姉さんが？　何をしているんだ？

姉は部屋の中を見回すと、ボソッと低い声で「汚いわね」と言い捨てた。その歪《ゆが》んだ険しい顔の姉は今までに見たことがない。

わけがわからずに見守っていると、姉は自分がはめていた大きな宝石のついた指輪を外し、リアのベッド脇に置いてある棚の引き出しにしまった。

「なっ⁉」

思わず声を出してしまったが、小さすぎたのか姉には聞こえなかったらしい。姉はニヤリと怪しい笑みを浮かべ、また静かに部屋から出ていった。

「……なんだったんだ、今のは。本当に姉さんだったのか？」

俺の三歳年上の姉──マーサは、幼い頃によく俺と遊んでくれた優しい人だ。

元気で前向きで、騎士を目指して訓練する俺をいつも応援してくれていた。母とも仲が良く、使用人にだって笑顔で接して、リリーの不祥事をカバーしてくれているのも姉だと聞いている。

あんな……あんな悪意に満ちた笑みを浮かべた姉は、初めて見た。……なぜリアの部屋に指輪を置いていったんだ？

もしリアへの贈り物なら、きちんと包んで本人に直接渡すだろう。サプライズが目的だったとしても、自分がつけていた指輪をそのまま引き出しに入れていくなんてしないはずだ。

もしあの指輪をリア以外の誰かが見つけたら……。

「リアが盗んだと疑われる……」

まさか……違うよな？

あの優しい姉が、そんな目的で――リアを窃盗犯に仕立て上げるためにわざと自分の指輪を置いていったなんてことはないよな？

「…………」

違う。あの姉がそんなことをするはずがない。そう思いたいのに、ニヤリと笑った姉の顔が忘れられない。

タタタタ……

俺は急いで棚に登り、少し空いた隙間から先ほどの引き出しの中に入った。姉がきちんと閉めていなかったらしい。中には布が入っていて、青い宝石がついた指輪がその間に隠されていた。

「……念のため持っていくぞ」

そう言い訳のように呟《つぶや》くと、俺はその指輪を持って引き出しから出た。

第四章　離婚はしません

魔女の呪いを解く方法を調べるためにルイ様が考えた作戦は、マーサ様にお願いして王立図書館に行って本を借りてきてもらう——というものだった。

「……無理だわ」

花瓶を持って廊下を歩いている私は、ボソッと独り言を呟《つぶや》いた。周りには誰もいないためつい声に出してしまったけれど、特に問題ないだろう。

ルイ様が魔女の呪いにかかっていることは説明できないんだもの。その状態で、どうお願いすればいいっていうの？

『理由は言えないけど、魔女に関する本を借りてきてください』って？

無理、無理、無理！！！

たとえどんな理由があっても絶対に行ってくれないというのに、そんな理由でお願いなんてしたら平手打ちされてしまうわ！

義姉のことを優しい人だと思い込んでいるルイ様は、本気でそんなお願いを聞いてもらえると思っているらしい。幼い頃からの刷り込みというものはなんと恐ろしいものか。

はぁ……どうしよう。

というか、朝は「今日も部屋にこもって刺繍《ししゅう》をしろ」って言ってきたはずなのに、いきなり花を生けて部屋に持ってこいって命令するなんて……いったいなんなの？

マーサ様が何を考えているのかよくわからない。昼食のお皿を返しに来たとき、バッタリ会ってしまったのが不運だった。

お皿を返しに行ったまま二〇分以上戻ってこない私を、ルイ様は心配してないかしら？

一度部屋に戻ろうとしたけれど、マーサ様に今すぐ！　と言われたためそのまま庭師のもとに行ってきたのだ。不満はありつつ、こんな突然の命令もめずらしいことではないので今回も普通に対応したけれど。

コンコンコン

「マーサ様。お花をお持ちしました」

し――ん……

部屋の中からは、返事はおろか物音すら聞こえない。どうやらマーサ様は今この部屋にはいないらしい。

どこに行ったのかしら？

本来ならこのまま部屋の前でマーサ様を待つところだけど、先ほどマーサ様は「もし私がいなかったら部屋の中に入ってテーブルの上に置いておいて！」と言っていた。私もできることなら、いない間に勝手に置いて帰りたい。

「失礼します」

そう声をかけて扉を開けると、やはり中には誰もいなかった。

「ここでいいのかしら？」

部屋の真ん中にある丸いテーブル。その上に花瓶を置いて、私は足早に部屋を出た。

マーサ様が戻ってくる前に、早く行っちゃおうっと。


「ルイ様っ。お待たせしましたっ」

「……遅かったな」

「はい。ちょっとした雑用を頼まれてしまって」

いつものように机の上に置いてあるクッションに座りながら、ルイ様は私をチラリと見た。なぜか少し元気がないように見える。

「その雑用を頼んだのは、誰だ？」

「え？　え――と……マーサ様、ですが」

「！」

ルイ様はあきらかにマーサ様の名前に反応しておきながら、急に「そうか」と言ってプイッと顔を背けた。

ん⁇　何この反応？

「どうかしましたか？」

「いや。なんでもない」

「？　……そうですか」

どう見てもなんでもなくないのに。どうしたのかしら？　でも、私がこれ以上聞いたって教えてくれないわよね。

いつもと様子が違うルイ様を不思議に思いながら、私は朝に頼まれていた刺繍の仕事をしようと準備を始めた。使用する刺繍糸を並べ、布をセットし、いざ！　と気合を入れて開始する。

刺繍は何も考えずに作業に集中できるし、何よりだんだん完成していく絵柄を見ているだけでとても楽しい。与えられた仕事の中でも特に好きなのがこの刺繍だ。

いつかは私の刺繍したハンカチをルイ様に……と思ったこともあったけど、きっと誤解したままの彼じゃ受け取ってくれそうにないわね。

何を企んでいるんだって疑われてしまいそうだわ……あはは。

笑い事ではないけれど、心の中でつい笑ってしまう。そんなことを考えながら花の刺繍をしていると、いつ近くに来ていたのか、ハンカチを覗《のぞ》きながらルイ様が声を上げた。

「これは……！　これ、リアがやったのか!?」

「きゃっ！　びっくりした！　ルイ様いつの間に？」

「いいから答えてくれ。この刺繍はリアがやったのか？」

「はい、そうですが……？」

なんだろう？　なんでルイ様はこんなに慌てているの？

白いハンカチに、紫色と青色の花を刺繍――それを見たルイ様は、なぜか目をぱっちりと開けて戸惑っていた。

「この刺繍がどうかされました？」

「この花……どれも、この右上の花びらだけ少し色が違うな」

「‼　あの一瞬でよくお気づきになりましたね！　そうなんです。この奥になる部分だけ、少し濃い色に変えるのが私のこだわりといいますか」

「リアのこだわり？」

「はい。本当は同じ色に揃《そろ》えたほうが綺麗《きれい》なのでしょうけど、私は少し立体感が欲しくて……って、ル、ルイ様？」

なぜか私が意気揚々と説明するたびに、ルイ様の顔色が曇っていく。うつむき始めた彼に向かって、私は恐る恐る問いかけた。

「それがどうかしたのですか？　何か気に障ることでも？」

「いや……リアに対してそんなことは思わない」

ドキッ
しれっと言ったルイ様の言葉に、心臓が小さく跳ねた気がする。

わ、私に対しては気に障るようなことはない……ってこと？　ずっと避けられてきたルイ様にそんなことを言われるなんて……ちょっとドキッとしてしまったわ。

「では、何か……？」

「それは、誰に頼まれたものだ？　これまでに、リアが刺繍したハンカチを誰かに渡したことはあるのか？」

「今までに作ったものは、すべてマーサ様にお渡しししています。これもマーサ様に頼まれて……………あっ!!」

そこまで言って、自分で自分の口を塞ぐ。これはルイ様の帰還を願っての刺繍ハンカチだとマーサ様は言っていた。つまりは、ルイ様の姿が元に戻ったとき……本人が目にするものだということだ。

すっかり忘れて普通に作業していたわ！　これ、ルイ様に見られたらいけないものよね!?　それにマーサ様に頼まれたことも言ってしまったわ！

「そうか。やはり……」

ルイ様はそれだけ言うと、ベッドから降りて扉に向かってトコトコと歩き出した。

「ルイ様、どちらへ!?」

「少し階段で休んでくるだけだ」

階段で!?

色々と聞き返したいことはあったけれど、ルイ様が尋常じゃなく落ち込んだ様子だったので、黙ってその愛らし……ではなく寂しそうな背中を見送ることにした。

「よし！　できた」

すべての刺繍が終わったハンカチをバッと天井に向けて広げ、その完成度の高さに自分でうんうんと頷《うなず》いてしまう。大満足の出来だ。……とはいえ、これはマーサ様に渡すのだけど。

ルイ様の帰還を願ってと言われたけど、ルイ様はすでにこのお屋敷に戻ってきている。そのため、今回は無事に魔女の呪いが解けますようにと願いながら刺繍していた。

ルイ様にあまり見られたくなかったから、途中から部屋を出ていってくれたのは正直助かったわ。でも途中までの刺繍は見られてしまったし、これをマーサ様から受け取ったら私が刺繍したものだってわかってしまうわよね。どうしましょう。

「……それにしても、どこに行ったのかしら？」

階段で休んでくると言って部屋を出ていったきり戻ってこない。先ほどチラリと階段を覗いたけれど、ルイ様はどこにもいなかった。

お屋敷の中を探索中？　アルビーナ様やマーサ様の悲鳴が聞こえないということは、見つかっていないのよね？　いったい何をしているのかしら。

ガチャ!!

「！」

ノックもなしにいきなり扉が開いたと思ったら、先ほど焦げたクッキーを口に入れられたグレンダがぶすっとした顔で立っていた。私にその現場を見られたことが恥ずかしいのか、どこか気まずそうな様子だ。

「大奥様とマーサ様がお呼びです。すぐに来てください」

「……わかったわ」

私を呼び出し？　なんの用かしら……。

一応マーサ様に会うのならと、つい先ほど出来上がったばかりのハンカチを持って部屋を出る。

グレンダに案内された部屋に入ると、ソファに座るアルビーナ様とマーサ様が目に入った。壁際にはアルビーナ様の執事のカールソンが立っていて、その隣にグレンダが並ぶ。

アルビーナ様の執事がなぜここに……？

なんとなく嫌な予感がしながらも、アルビーナ様とマーサ様に頭を下げて挨拶をする。

「お呼びでしょうか？」

「遅いわね！　さっさと来なさいよ！」

「申し訳ございません」

私の言葉にすぐにマーサ様が反応した。アルビーナ様はずっと冷めた目を私に向けているだけで、何も言ってこない。この場をマーサ様に任せているのか、口を開こうとする様子もない。

「なぜ呼び出されたかわかる？」

「……ルイ様のことでしょうか？」

「そうよ。今日また知らせがきたのよ。ルイを捜索するために森に入ると、なぜか天気が荒れて捜索どころではなくなるんですって。魔女の呪いだなんて言ってたわ」

「魔女の呪い……」

「ええ。だから、ルイの捜索ができないって！　王国の立派な騎士団が笑わせてくれるわ」

「………」

私はルイ様の無事をわかっているけど、魔女の呪いのせいでそれを伝えることができない。

せめて生きていることくらい伝えられたらいいのに……。

息子や弟を心配しているであろう二人に同情したとき、マーサ様から思いも寄らない提案をされた。

「それで、あんたにはルイと離婚してもらうことにしたわ」

「………え？」

離婚？　私とルイ様が？

「それは、なぜ……」

「もう必要ないからよ。今すぐ離婚承諾書にサインをして、実家に帰りなさい！」

「そんな……！　まだルイ様が帰ってくる可能性もあるではないですか！　なぜ今すぐに離婚しなければいけないのですか!?」

「………」

私の問いに、マーサ様は答えない。チラリとアルビーナ様に視線を送っているところを見ると、理由があるのにそれを言っていいのかどうか迷っているようだ。

今まで、どんなにいびられても離婚を迫られたことはなかったのに……。ルイ様の安否だってまだわかっていないのに、急いで離婚させないといけない理由でもあるの？

ハッ！

そこまで考えて、ある可能性が頭に浮かんだ。

騎士団の任務中に行方不明になったルイ様。彼の捜索ができない騎士団。――そんな不甲斐《ふがい》ない状況の責任として、公爵家へある程度の金銭が発生したのではないかしら。

ルイ様は国の英雄……そんな方に対する国からの償い金として、多額のお金が出るとしても不思議じゃないわ。そして、もしそうなった場合受取人は妻である私のもとに……。そのお金を私に渡したくないから、二人は私たちを離婚させようとしているのでは？

黙ったままのマーサ様に、もう一度問いかける。

「国から出される補償金を私に渡したくないから、ですか？」

「!!」

マーサ様とアルビーナ様はギョッと目を見開いた。もうその顔だけで、肯定したようなものだ。

やっぱり……！　ルイ様の安否が不明なときに、お金の心配をしていたなんて！

前までの私であれば、喜んで離婚を受け入れただろう。男爵家を立て直せるだけの慰謝料をいただき、それでこんな家からは離れてやる！　と。

でも、今はそう簡単に頷くことができない。ルイ様……旦那様が本当は優しい人だっていうことを知ってしまったから。

彼ともっと話したい。いつかは私の誤解を解いて、リアが私だって知ってもらいたい。

形だけの夫婦だとしても、これからは仲良く一緒に生活できないかがんばってみたい……そう思ってしまったから。

「申し訳ございませんが、私はルイ様と離婚するつもりはありません」

私の発言に、アルビーナ様とマーサ様はさらに驚いた顔をした。

話を聞いていた執事のカールソンやグレンダも驚愕《きょうがく》した様子で私を凝視している。私がアルビーナ様たちに反抗するのは初めてなのだから、驚くのも無理はない。

「なんですって⁉　あんた、そこまでしてお金が欲しいの⁉」

「失礼ながら、その言葉そっくりそのままお返しします」

「‼　この女……‼」

ガタッと立ち上がったマーサ様は、テーブルを回り私の前にやってくると、私の髪の毛を掴《つか》んで引っ張ってきた。鋭い痛みが走り、思わず声が出てしまう。

「きゃああっ！」

「うるさいっ！　いいから早く離婚承諾書にサインをしなさいよっ！」

「い、嫌です‼」

「この女……っ！」

バシッと頬を叩《たた》かれ、頭だけでなく頬にも強い痛みが走る。そのとき、ペシッという小さな音と共にマーサ様が悲鳴を上げた。

「きゃあっ‼　痛いっ‼」

「⁉」

マーサ様は私の髪の毛から手を離し、自分の左目の斜め上辺りを手で押さえている。

何が起きたのかと周りを確認したけれど、グレンダたちもアルビーナ様も不思議そうにマーサ様を見ているだけだった。

な……何？

そのとき、部屋に置いてあるキャビネットの上――花瓶の陰に、白いモフモフした小動物がいるのが見えた。

あれ……まさかルイ様⁉

いつからいたのか、花瓶の後ろに隠れているのは間違いなくあのルイ様だ。私はその姿を見て真っ青になった。

なんでルイ様がここに⁉　いつからいたの⁉　どこから話を聞いていたの⁉

私たちは、私とルイ様との離婚について話し合っていた。もし最初から聞かれていたとしたら、私がリリーだとバレてしまったということだ。私がリアだと嘘《うそ》をついていたことも、そして……優しいと思っていた義姉の本性も知ってしまったということになる。

ルイ様……！

ルイ様の白銀色の毛は見えているが、どうやらこちらに背を向けた状態らしい。顔が見えないので彼が今どんな気持ちなのかがまったくわからず不安になる。

「もう！　なんなの⁉　誰か私に何か投げた⁉」

マーサ様がキッとカールソンを睨《にら》みつけると、彼は慌てて首を横に振った。マーサ様のこめかみ部分は赤くなっていて、小さくて硬い何かがぶつかったのだと思われる。

……何か投げたのは、きっとルイ様、よね？　それって私を助けてくれたっていうことなのかしら。リリーだってバレたのに、マーサ様を攻撃して私を助けた……？

今までのルイ様なら考えられない行動だ。まさか……と思いつつも、小さな期待をしてしまう。

もし本当に私を助けてくれたのだとしたら、少しは誤解が解けたのかもしれないわ。

ホッと安心したのも束《つか》の間。マーサ様は「チッ」と舌打ちをしたあと、急にニヤリと笑いながら私を振り返った。

「まぁいいわ。カールソン、警備兵を呼んで」

「はい。すでに下に待機させております。すぐに呼んでまいります」

カールソンは予定通りといった様子で足早に部屋から出ていった。残されたグレンダは、なぜかニヤニヤしながら私を見ている。

何？　警備兵を呼んでどうするの？　私は一応貴族だし、何もしていないのに捕まえたり追い出したりすることはできないはずよ。

それでもなぜか嫌な予感がする。チラッとルイ様を見たが、彼はまだ先ほどと同じ場所に立っていた。こちらを振り返る気配はなさそうだ。

ルイ様……。

「お待たせしました！　警備兵を連れてきました」

バタバタという足音と共に、カールソンと警備隊の兵士二人が部屋に入ってくる。その瞬間、偉そうに腕を組んでいたマーサ様が突然ビシッと私を指差した。

「私の大事にしていた青いダイヤの指輪がなくなったの！　きっと犯人はリリーよ！」

「!?」

「昼食のあとに自分の部屋で外してから見当たらないの。その時間、私の部屋に入ったのがリリーだけだったから、きっと彼女が盗《と》ったんだと思うわ！」

「なっ……!?」

指輪!?　なんのこと？　そんなの知らないわ！

警備兵たちが軽蔑の眼差《まなざ》しを私に向けてくる。公爵夫人らしからぬ格好をした私に疑いを持っているようだ。アルビーナ様とグレンダの口角がニヤリと少し上がっているのが見えて、私は今の自分の状況を理解した。

はめられた……!?

まさか、さっきいきなり花瓶を部屋に運んでおけと言ったのはこのため？　じゃあ……もしかして指輪もどこかに……。

「きっと屋根裏部屋に隠しているはずよ！　すぐに探してきて！」

「!!」

屋根裏部屋……まさか！

私のいない隙に、マーサ様が指輪を私の部屋に隠したのかもしれない。もしその指輪が部屋のどこかから出てきたら、私は終わりだわ。窃盗犯として捕まって、ルイ様とも離婚手続きをされて家から追い出される……！

ドッドッドッと心音が激しくなる。

私は何もやっていないと言って、信じてくれる人がいるだろうか――。

マーサ様に命令されて、カールソンや警備兵が屋根裏部屋に向かっていってしまった。きっと、どこかに隠されたマーサ様の指輪を見つけて戻ってくるのだろう。

まさか、私を窃盗犯に仕立て上げるなんて……。

呆然《ぼうぜん》とする私に、マーサ様がボソッと呟《つぶや》いた。

「これであんたも終わりね。さっさとこの家から出ていくといいわ。ルイとの離婚承諾書にサインをしてくれるなら、泥棒として訴えるのだけは許してあげるわ」

「…………」

なんてひどいことを……！　そう思っていると、戸惑った様子のカールソンが戻ってきた。

「あ、あの、マーサ様」

「何？　指輪は見つかった？」

「いえ。その、どこにも見当たりません」

「なんですって⁉」

「！」

どこにもない？　マーサ様の反応を見る限り、彼女が私の部屋に指輪を隠したのは間違いないわ。なのになぜ指輪がないの？　うまく探せていないだけ？

……いえ。それにしては戻ってくるのが早いわ。きっとどこに隠したのか、カールソンは知っていたはず。それなのにないということは……。

まさかルイ様？

お昼まで指輪をつけていたと言っていたし、私の部屋に隠したのはきっと私が花瓶を運んでいるときよね。あの時間、たしかルイ様は私の部屋にいたはず。もしかしてマーサ様が指輪を隠すのを見ていたのかしら？

チラリとルイ様のいるキャビネットを横目で見ると、さっきまでルイ様が立っていた場所がキラッと光に反射して光った。

あれは、もしかして……！

「あそこ、何か光っています」

「はあ!?」

私の言葉に反応してマーサ様が振り返った瞬間、その顔が真っ青になった。今ではマーサ様だけでなく、部屋にいる全員がその光っているものを見つめていた。キラキラと輝く青い宝石を……。

「な、なんでこれがここにあるのよ……!?」

「なくされた指輪とはあれで合っていますか？　マーサ様」

「!!」

「合っているみたいですね。では私が盗ったのではなく、マーサ様が置いた場所を勘違いしていた……ということでよろしいでしょうか？」

マーサ様は歯をギリッと強く噛《か》み締めて、ものすごい形相で私を睨んでいる。背後に見えるアルビーナ様もグレンダも、同じくらいに悔しそうな顔をしていた。

よくわからないけど、きっとルイ様よね？　ルイ様が私を助けてくれたんだわ。

「……あんた！　絶対に許さないからっ!!」

そんな捨てゼリフを吐いて、マーサ様は部屋を出ていった。使用人の前で恥をかいてしまったのだから、この場から逃げ出したくなるのもわかる。

嵐のようなマーサ様がいなくなった部屋はシ――ンと静まり返り、誰もが目を泳がせていた。

みんな、アルビーナ様が動き出すのを待っているのだ。

「……ここにいる者は、リリー以外各自の仕事を再開するように」

「！　は、はいっ」

アルビーナ様が低く冷静な声でそう命令すると、カールソンや警備兵たちは足早に退室した。

みんな助かったという顔をしている中、グレンダだけは不満そうに顔を歪《ゆが》めていた。

私と二人きりになって何を言うつもりなのかしら？

その場から動かないまま、私はジッとソファに座るアルビーナ様を見た。いつもは義姉のように癇癪《かんしゃく》を起こしやすい義母が、今はやけに落ち着いているのが気味悪い。

「あの、私ももう行っても――」

そう言いかけたとき、アルビーナ様が飲んでいる途中のティーカップをこちらに向かって投げてきた。

ガチャ――ン！

カップは壁にぶつかり、割れた破片が床に落ちた。壁の近くに立っていたので、破片が頬をかすったらしい。ジンジンとした痛みを感じる。

もう！　アルビーナ様といいマーサ様といい、すぐにカップを投げつけるんだから！　もったいないわ。

「このグズ女。いつからそんな偉そうな態度をできるようになったの？」

「………………」

「あんたの意見なんて聞いていないのよ。私は命令しているの。離婚承諾書にサインをしなさい」

ギロッと睨んでくるアルビーナ様は、マーサ様よりも全然迫力があって恐ろしい。正直ビクッと肩を震わせてしまったけれど、ここで素直に言うことを聞くわけにはいかない。

「……嫌です」

「はっ！　本当に面の皮が厚い女ね。それが本性ってわけ？　なんでも言うことを聞くふりして、お金が入るとなったらコロッと変わるなんて」

「お金は関係ありません。お金が大事だったら、毎月マーサ様にすべての私金を渡していませんん」

「黙りなさいっ!!」

「！」

義母とはいえ、親と同じ年代の方に怒鳴られるというのは怖いものだ。どうしたって手が震えてしまう。

「……まぁ、いいわ。今日のところは部屋に戻りなさい」

「……失礼します」

もっと強要が続くと思ったけれど、意外にもあっさりと部屋へ戻る許可が出た。

もし離婚をしないまま私が家から出れば、それこそ私個人にお金が届いてしまう――それを懸念して、無理やり追い出すことはできないのだろう。

ただ……これだけお金を持っているドロール公爵家が、王宮からの補償金欲しさにここまでして私とルイ様を離婚させようとするかしら？　という疑問もある。

なんだか他にも理由がありそうな気がするわ。

それがなんなのかはわからないけど………ハッ。

そこまで考えて、この部屋にはルイ様がいたという事実を思い出した。アルビーナ様の迫力に怯《おび》えてすっかり忘れていた。

ルイ様！

慌ててキャビネットを振り返ったけれど、もうそこにはルイ様の姿はなかった。

いない……。いつから？　どこまで私たちの話を聞いていたのかしら？

マーサ様だけではなく、アルビーナ様の本性も知ってしまった？

不安な気持ちを抱えながら、ゆっくりと屋根裏部屋への階段を上がっていく。

カチャ……

「………ルイ様？」

小さく声をかけながら扉を開けたが、返事はない。少なくともこの部屋に戻ってきてはいないらしい。

「いない……」

ボソッと呟くなり、私はベッドにうつ伏せの状態で倒れ込んだ。どっと疲れが押し寄せてきたようだ。

私がリリーだったと知って、やっぱりショックだったのかしら。雑用のリアだと嘘をついていたわけだし。騙《だま》されたと怒ってる……？　それに、マーサ様のあんな姿も見てしまったのよね。

ショックの連続でどこかに行ってしまっていたらどうしよう。

「ルイ様……」

「なんだ？」

「!?」

すぐ頭上から聞こえた声に、目をパチッと見開いた。うつ伏せのまま頭だけ上げると、枕元に白銀色の小動物がちょこんと立っていた。

「ルイ様！」

「……声が大きい。この距離でそんなに叫ぶな」

「あ。ご、ごめんなさい」

肩をすくめて謝ると、ルイ様は気まずそうに私から目をそらした。その態度で、自分がリリーだったとバレた事実が嫌でも思い出される。

あっ、そうだわ。私、ルイ様に謝らなくては！

「あの、申し訳ございませんでした！」

「悪かった」

「…………ん？」

謝罪をしたタイミングが同じで、ルイ様の言葉と重なってしまった。お互いがキョトンとした顔で見つめ合う。

今、悪かったって言った？

驚いて何も言えずにいると、ルイ様が小さく短い手で頭の毛をわしゃわしゃと掻《か》いた。

「あ――……気がつかなくてごめん。まさか、その、君がリリーだったとは……」

「いっ、いえ！　言い出さなかった私が悪いんです」

「……言い出さなかったのではなく、言い出せなかったのだろう？」

「！」

ベッドにうつ伏せになっている体勢から両肘をつき顔を上げた状態で話す私と、その目の前で立っている小さなルイ様。こんなに顔を近づけて話すのは初めてだ。恥ずかしいけれど、離れたらその隙にルイ様がいなくなってしまうような気がして離れることができない。

「……俺が謝らなくてはいけないのは、リリーに気がつかなかったことだけではない。俺はずっと君のことを誤解していて、ひどい態度も取ってしまった。……本当にごめん」

ルイ様は、その小さな体でペコッとお辞儀をした。

私に対して本当に申し訳ないと思ってくれているのがよく伝わってきて、なんだかいたたまれない気持ちになる。

「そんな。謝らないでください。ルイ様のせいではないですから」

「いや。母や姉の言うことを真に受け、君を悪女だと決めつけた俺にも責任はある」

「……ルイ様……」

「正直、わからないことだらけだ。今まで聞いていたことと、この目で見たものが違いすぎるからな」

「………」

「……リリーがこの家に来てから何があったのか。なぜ俺の前では服装も見た目も違っていたのか。なぜ今リリーはこの部屋で暮らし、あんな扱いを受けているのか。そして、俺の母や姉について……リリーの知っていることを全部話してくれないか？」

綺麗なエメラルドグリーンの瞳が悲しそうに私を見上げた。

「…………わかりました」

そう返事をして、私は今までのことを包み隠さず話すことにした。

ルイ様との初対面が済んだあとにこの結婚が形だけのものだったと知ったこと。

普段は屋根裏部屋で生活をして使用人のように働いていたこと。

ルイ様が帰ってきたときだけは公爵夫人としての部屋や食事が与えられるが、派手なメイクと髪型にされて用意されたドレスを着ていたこと。

夫人として私に与えられたお金は、毎月マーサ様が全部使っていたこと。

私の前ではアルビーナ様もマーサ様もいつもあのような態度だったこと。

私が使用人をいじめているという話も、夜遊びをしているという話も、すべて嘘だということ――。

私が淡々と話している間、ルイ様は口を挟まずにずっと黙って聞いてくれていた。時折悲しそうな表情になったり、怒りからか手がプルプルと震えているときもあった。

「……以上です」

「そうか……」

できるだけ責めている空気にならないように冷静に話したつもりだったけれど、ルイ様はあきらかに落ち込んだ様子だ。下を向いてしょぼんとしている。

なんだか私のせいでルイ様を傷つけているみたいで胸が痛むわね……。

そんなことを考えていると、ルイ様がポツリと呟いた。

「……リリーは俺と初めて会ったあとにこの結婚が形だけのものだと知ったと言っていたが、最初から契約結婚だとは聞かされていなかったのか?」

「え？　契約結婚……ですか？」

「俺は最初からこれは『契約結婚』だと聞かされていた。俺と同じように結婚をしたくないが諸事情でしなければいけない相手と、お互いが割りきった関係で結婚するのだと」

え？　な、何それ？　ドロール公爵家の都合に合わせての結婚ではなくて、私側もそれを望んでいたってことになっているの？

「結婚をしたくないって、私が言っていると？」

「ああ。俺はリリーのことをそう聞いていた。子どももいらず、ただ自由に暮らせればそれでいいと言っていると。お互いの家がそれを了承した上での結婚だと」

「ええっ？　ち、違います！　私は本当にルイ様の妻になるつもりでここに……！」

「！」

ルイ様が目をパチッと見開いて私を見上げたので、ハッとして言葉を止める。気のせいか、ルイ様のモフモフの毛がブワッと少し逆立っているように見える。

い、いけない！　本気で妻になるつもりだったなんて、そんな図々《ずうずう》しいことを言ってしまうなんて。

「いえ。あの、契約結婚だとは聞いていませんでした。家族も……知りません」

「そ、そうか。じゃあ、本当に悪いことをしたな」

「いいえ……」

なんとなく気まずくて、お互い目をそらしながら話を続けた。恥ずかしいような胸がくすぐったいような、なんとも言えない変な感覚。距離が近い分、ルイ様と目を合わせられなくなってしまった。

どうしましょう……なぜか心臓の動きが速い気がするわ。

「…………」

「…………」

少しの沈黙が続いたあと、ルイ様がまたポツリと声を漏らす。

「一つ……聞いてもいいか？」

「はい。もちろん」

「…………」

「？」

言いにくいことなのか、ルイ様はそう言ったきりまた黙ってしまった。

どうしたのかしら？　そんなに聞きにくい内容なの？

「……あの」

「はい？」

「……俺のことを生理的に受けつけないから近づかないでほしいと言ったのは……姉の嘘か？」

「！」

そういえば、初対面のあとにマーサ様にそう言われたから極力私に近づかないようにしていたと言っていたわね。もしかして、意外と気にしていたのかしら？

ルイ様からの予想外の質問に、思わず笑ってしまいそうになる。気まずいのか答えを聞くのが怖いのか、ルイ様は顔を横に向けて窓のほうを見ていた。

ふふっ……可愛《かわい》い。

「私は一言もそんなことを言っていませんよ」

「！　そ、そうか」

ルイ様の顔がパアッと明るくなったように見える。拒否されていたのではないとわかって安心したのだろう。そんな様子のルイ様を見ているだけで、ほんわかと疲れた心が癒《いや》されていく。

あんなにアルビーナ様に対して不安に思っていたのに、一瞬で心が軽くなるのだから不思議だわ。それだけこのルイ様が可愛いってことかしら？

んん――……でも、なんだかこの胸の温かさはルイ様の見た目だけのせいではない気がするのよね……。

小さいモフモフの姿が可愛らしいと思っているけれど、それとは別で彼の言動に胸が高鳴ってしまうときがある。この感情にはなんとなく察しがつくけれど、まだはっきりと認めたくはない。認めてしまったら、普通ではいられなくなりそうだから。

あっ。そういえば、私もルイ様に聞きたいことがあったんだわ！

「あの、私も質問してよろしいですか？」

「ああ。なんだ？」

「マーサ様の指輪をあのキャビネットの上に置いたのはルイ様ですよね？」

「ああ。……姉がこの部屋の引き出しに指輪を隠しているのを見ていたからな」

やっぱりそうだったのね。ルイ様が見ていてくれて助かったわ。でも――。

「なぜ指輪を引き出しから出したのですか？」

「もしリア……リリー以外の者に見つかったら、リリーが盗んだと誤解されると思ったからだ」

「……マーサ様が私をはめようとしていたことに気づいたってことですか？」

どうして？　そのときにはまだマーサ様の本性を知らなかったはずなのに。

私の質問の意図がわかったのか、ルイ様が気まずそうに話を続ける。

「指輪を隠したときに、見たことのない顔で笑っていたから。なんだか嫌な予感がしたんだ。あのときは完全に姉を疑っていたわけではなかったが、万が一を考えて指輪は取り出しておいた」

「なるほど……」

「その指輪を姉の部屋に戻そうかと迷ったんだが、あのあとリリーの刺繍したハンカチを見てやめることにした」

「刺繍のハンカチ？」

「姉に何度か渡されたことがあるんだ。祈願用の刺繍ハンカチだと。だがそれはすべてリリーの刺繍した花と同じだった」

「えっ？」

「一枚だけ花びらの色が違う刺繍……あれはリリーのこだわりだと言っていただろう？　これまでに刺繍したものはすべて姉に渡しているとも。だから、今まで姉が自分がやったと言っていたものは、実は全部リリーがやったものだったんじゃないかって」

「…………」

マーサ様に渡したハンカチ？　過去に何度か渡したことはあるけど、マーサ様は仲の良い男性に渡すためだと言っていたわ。それを本当はずっとルイ様に渡していたっていうこと？

勝手に自分の作品としてルイ様に渡していたことに対する呆《あき》れと、実は仲の良い男性なんていなかったのかという同情で複雑な気持ちだ。

最初からルイ様に渡すって言えばよかったのに……。

帰還を願ってのハンカチは堂々と命令してきたのに、なぜそのときは他の男性に──なんて嘘をついたのかしら。マーサ様が何を考えているのか謎だわ。

「そう考えたら姉に不信感が……。それで姉がどんな行動に出るのか様子を見ようと思った」

「……そうだったのですね。おかげで助かりました。ありがとうございました」

ペコッと頭を下げると、ルイ様がトコトコと私に近づいてきた。ベッドにうつ伏せの状態で両肘をつき、胸から上を上げている姿勢の私。ルイ様はそんな私の肩に飛び移り、小さい手で頬にチョンと触れてきた。

「礼なんて言うな。それより、本当に悪かった。顔に傷をつけてしまうとは……」

「傷？　……あっ」

うっすらと感じる頬の痛み。アルビーナ様に投げられたティーカップの破片で切れた傷だ。

「これはルイ様が謝ることでは……」

「いや。俺の母がやったことだ。傷をつけたことだけでなく、他にも……あんなにひどい態度や言葉を投げかける人だったとはな。母と姉の代わりに謝らせてくれ」

「…………」

自分の信頼していた人たちのあんな姿を見て、きっとルイ様が一番傷ついているはずなのに。

「……リリーは無理にここに残る必要はない。こんな俺や家族と一緒にいるべきじゃない。母たちの言う通り、本当に離婚したほうがいいのかもしれない」

「！」

そんなっ……私は離婚なんてしたくないのに……！

ズキッ
ルイ様の口から『離婚』という言葉が出て、胸が苦しくなる。否定しようと口を開いたとき、ルイ様が小さい手を自分の額に当てて苦々しい顔をしながら話を続けた。

「だが、ごめん。離婚はしたくない……」

「…………え？」

私の肩に乗っているため、すぐ耳元で聞こえたルイ様の声。沈んでいた気持ちが一気に浮上して、だんだんと鼓動が速くなってきた。

え？　え？　離婚したくない？　離婚したくないって言ったの？　ルイ様が？　……それはどういう意味？

カアア――と顔が赤くなった気がする。そして、そんな私の様子を見たルイ様が急に焦ったように早口になった。

「あっ!? いや、今のは深い意味は……。その、もし本当に補償金が入るならそれはリリーにもらってほしいと思ったからで……!」

「だ、大丈夫です！　わかってます！　勘違いしてませんので安心してください！」

「あ。いや……」

「…………」

「…………」

白銀色の毛が、少しだけ赤っぽくなっているように見えるのは私の気のせいかしら。なんとも言えない気まずさが漂っているけれど、不思議と嫌じゃない。

ど、どうしましょう……。また何を話せばいいのかわからなくなってしまったわ。

第五章　はじめて見た母と姉の本性（ルイ視点）

しまった。思わず「離婚したくない」などと本音を言ってしまった。

俺にそんな自分勝手なことを言う資格なんかないというのに――。

数時間前。

姉のことを不審に思った俺は、屋敷の中を駆け回った。

なぜリアの部屋に指輪を隠したんだ？　まさか本当にリアを陥れるためなのか？　なぜだ？

なぜ姉がわざわざ雑用のリアにそんなことをするんだ？

その答えが知りたくて、屋敷の中を誰にも見つからないように動き回っている。

「！」

適当に走っていた俺は、ある部屋の前でピタリと足を止めた。今まで入ったこともなければ近づいたこともない部屋――妻であるリリーの部屋だ。

この体になってから一度も見かけていないが……。

ふと気になり、扉に耳を当てて中の音を聞いてみた。話し声や物音どころか、人のいる気配すらしない。

今はいないのか？

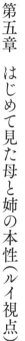

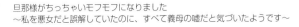

扉の下にあるほんのわずかな隙間。そこから部屋に入った俺は、なんとも言えない違和感に襲われた。高価そうな家具もなく、絵や花などの飾りもない。普通といえば普通の部屋だが、派手好きのリリーの部屋となると違和感だらけだ。

ここが本当にあのリリーの部屋なのか？

クローゼットや引き出しの中を見てみても、毎月買い漁《あさ》っていると噂《うわさ》のドレスも宝石も見当たらない。そもそも、ここで人が暮らしているという感じがまったくしないのだ。

「……リリーはどこに？」

そう呟《つぶや》いたとき、廊下から母と姉の声が聞こえた気がした。二人の足音がかすかに聞こえてくる。

この姿を見られたらまた叫ばれてしまう――。

勝手にリリーの部屋に入ってこないだろうと思いつつ、念のためすぐに逃げ出せるよう扉に張りついて二人が去るのを待つことにした。二人の足音が近づくにつれて、その話し声がハッキリと聞こえてくる。

「お母様。リリーはすんなりルイと離婚するかしら」

「するに決まってるでしょう。こういうときのために、私たちの言うことはなんでも聞くように躾《しつ》けてきたんだもの」

「たしかに～。あの女、何されても文句言わないもんねっ。お母様が厳しくしてきたおかげだわ。それで、いつ追い出す？　今日？」

「そうね。サインをしたらすぐにでも追い出してやりましょう」

「ああ。可哀想《かわいそう》なリリー……」

「そんな心にもないことを……」

クスクスと笑いながら話している声は、間違いなく母と姉のものだ。それなのに、俺は信じられずに扉の隙間から抜け出してその姿を確認した。

似た声の別人であってほしいというかすかな願いは、二人の後ろ姿を見てあっさりと散った。

廊下にいたのは、間違いなく母と姉だったからだ。

な……んだ、今の話は？

リリーと俺を離婚させる？

いや、それはどうでもいいが、『あの女は私たちの言うことはなんでも聞く』とか『すぐにでも追い出す』とか……本当に母の言葉か？　そんな非情なことを、あんなに明るく楽しそうに話していたというのか？

――母や姉とは、俺が七歳のときに初めて会った。父が子連れの母と再婚したからだ。

病気で死んでしまった実母のことはあまり覚えていなかったため、母という存在がよくわからなかった俺は二人とどう接していいのか戸惑っていた。

うまく話しかけられない俺に、母や姉はいつも笑顔で声をかけてきてくれた。元気な姉のおかげで、家の中が明るくなったような気がする。

母や姉になったのがこの二人でよかったと、幼いなりに俺は感謝していた。

突然父が事故で死んでしまったときも、母や姉は血の繋《つな》がらない俺への態度を変えることはなかったし、家のことは気にせずに騎士を目指していいと言ってくれた。

婚約話が絶えなかった頃も、結婚に興味がなかった俺の気持ちを汲《く》んで契約結婚をしてくれる令嬢を探してくれた。母の気遣いはとてもありがたかった。

そんな二人に感謝し、いつかはこの家の当主の座を母に譲ってもいいとさえ思っていたのに――。

母と姉の後ろ姿をボーーッと目で追っていると、二人が応接間に入っていくのが見えた。部屋の前に執事のカールソンが立っていて、扉を開けている。

……さっき聞いた二人の話によると、これからリリーに離婚を切り出そうとしているところか？　あの部屋にリリーが？

なぜ俺に何も確認せずにリリーと離婚させようとしているんだ？

母が言っていた『私たちの言うことはなんでも聞くあの女』とはリリーのことだよな？　俺の聞いていた『自分勝手なリリー』とは結びつかない。どういうことだ？

「…………」

気づけば俺の体は勝手に動いて応接間に向かっていた。

胸にはかつてないほどの嫌な予感がしていたけれど、真実を知りたい気持ちが強い。

カールソンも一緒に入り、扉を閉めようとした瞬間を狙って素早く部屋に忍び込んだ。そしてすぐにキャビネットの陰を目指して走る。

三人の様子を見る限り、小動物が動いていたことには気づかれなかったようだ。

リリーはまだいないのか……。部屋にもいなかったし、もうこの部屋にいるのかと思ったが。どこにいるんだ？

母と姉は二人並んで長ソファに座り、カールソンに出されたお茶を仲良く飲んでいる。楽しそうなその姿に、なぜか違和感を覚える。

なんだ？　何かがおかしい気がする……。

キャビネットに隠れてこっそり二人を見ていると、姉が嬉《うれ》しそうに母に話しかけた。

「それにしても、王宮からあんなにたくさんの補償金がもらえるなんて思わなかったわね。お母様っ」

王宮から補償金？

「そうね。行方不明になってくれただけでも喜ばしいのに、補償金のオマケ付きとはね」

フッと鼻で笑った母を見て、ずっとわからなかった違和感の正体に気づく。

あ……そうか。

この人たちは俺が行方不明で安否も不明だというのに、やけに楽しそうなんだ。

自分が無事だとわかっているからか、今母たちにとったらどんな状況なのかを考えられていなかった。普通であれば、心配や不安で笑ってなどいられない状態なのではないか？

それなのに、この二人は俺が見たときからずっと笑っている。強がっているわけではないのは、先ほどの会話を聞いたらわかることだ。

行方不明になっただけで喜ばしい……か。

母や姉の醜く歪《ゆが》んだ笑顔を見ても、不思議とショックは受けなかった。

スーーッと俺の中の何かが冷めたのがわかる。心が氷になったかのようになんの感情も湧かなかった。

「行方不明ってだけじゃ当主交代はできないんだっけ？」

「たしか何年か経《た》てば身内が継いでいいという決まりがあったはずよ」

「すぐにじゃないのかぁ～！　あーーあ。本当だったら、お父様が死んですぐにこの家はお母様のものになるはずだったのに」

「まさかあの人が遺言書を残しているなんてね。病気だと知っていたから長くはないとわかって再婚したけど、事故死したおかげで予想よりも早くこの家の当主になれたと思ったのに……。でも、うまくルイを騎士としてやっていけるように誘導はできたし、この家ももうすぐ私のものよ」

「早くお母様が当主になってくれればいいのに」

「まぁ、あと少しの辛抱よ。とにかく今は早くリリーとルイを離婚させておかなくては。当主の座はもちろん、補償金もあの女に渡すつもりはないわ。まぁ、少しくらいは慰謝料として持たせてあげてもいいけどね」

「ええ～!?　あんなグズ女にはあげなくていいわよ」

あははは……と楽しそうに繰り広げられる会話を、俺は黙って聞いていた。

自分の不幸を望まれている話だというのに、自分の父の死すらも喜ばれていたというのに、どことなく他人の話を聞いているかのような冷めた感覚。不思議と冷静に受け止めることができていた。

なるほど。あの二人の目的は、母をこの家の当主にさせることらしいな。

俺がいなくなれば、当主は妻であるリリーになる。だからその前に離婚させようとしているのか。

話を聞く限り、父との再婚も最初からこの家を乗っ取るためだったらしいし。俺も父も、あの母にうまく利用されていたってことか。

母や姉に対して抱いていた感謝の気持ちは綺麗《きれい》さっぱり消え去り、俺の中で一気に二人が家族から他人になった。今では、絶対にドロール公爵の当主の座を渡してなるものかと考えているほどだ。

やはり一刻も早く呪いを解く必要があるな。

ところで……リリーをグズ女呼ばわりしているのはなぜだ？　姉はリリーに冷たく当たられていると聞いていた気がするが……。裏ではそう呼んでいるだけなのか？

それに、二人はリリーがすんなり離婚を承諾すると思っているらしいが、金遣いが荒く今の生活を満喫しているリリーがそんな簡単に離婚に応じるのか？

コンコンコン

「リリー様をお連れしました」

「入って」

母の言葉と共に、カチャ……と扉が開く。腐ったクッキーを渡してきたメイドの姿が見えたと思った瞬間、部屋に入ってきたのは――。

「……リア⁉」

思わず口から出てしまった声。ちょうど扉が閉まった音と重なったため、誰にも聞こえなかったらしい。

なんでリアがここに⁉

リリーが入ってくると思っていたのに、部屋に入ってきたのはリアだった。母と姉の真正面になる位置に立って、二人に挨拶をしているリア。

「お呼びでしょうか？」

「遅いわね！　さっさと来なさいよ！」

「⁉」

姉はリアを待っていたのか⁉　だが、さっきまではリリーに離婚の話をすると言っていたのに……どうなっているんだ？　それに……。

ジロッと姉を睨《にら》みつける。

なぜリアにあんな態度を⁉　使用人だけでなく、姉までリアを冷遇していたのか⁉

姉は偉そうな態度でリアに俺の話をしている。捜索ができないという俺の現状報告をなぜわざわざ雑用のリアに話しているのか不思議に思っていると、姉から衝撃の言葉が出た。

「それで、あんたにはルイと離婚してもらうことにしたわ」

「…………え？」

リアと俺の言葉が重なる。もっとも、俺の言葉は誰にも聞こえてはいないが。

離婚？　俺と離婚？

……どういうことだ？　その話はリリーにするんじゃなかったのか？　なぜリアに？

不思議で仕方ないその言葉を、リアは否定したりすることなく姉と会話を続けている。母や執事たちも、特に何事もないかのように平然と二人を見守っている。

どういうことだ？　俺とリアの離婚話をしているというのに、なぜみんな普通にしている？

そこまできて、初めてある可能性が頭に浮かんだ。本当はうっすらと浮かんではいたが、そんなわけがないと思い込んでいた。

まさか……まさか。

俺は壁際に立っているリアを見つめた。使用人の服を着ているが、薄紫色の髪の毛に姿勢のいいその立ち姿――。

まさか……リアがリリーなのか？

リアとリリーが同じ髪の色をしていることはわかっていたが、他がすべて違いすぎていて全くわからなかった。

いつも真っ赤や真っ黒の派手なドレスを着ていたリリーと、地味な使用人の服を着ているリア。

肌が黒っぽくメイクが濃すぎるリリーと、白く透明感のあるリア。

クルクルに巻かれてボリュームの出ていた派手な髪型のリリーと、ストレートでサラサラした髪のリア。

瞳の色は……正直、リリーと目を合わせた記憶がなくてよく覚えていなかった。だが、ここまで違いすぎる二人が同一人物だなんて、今でもあまり納得できていない。

本当に？　本当にリアが……？

真っ直《ます》ぐに母と姉を見つめて立っているリアを見上げる。その立ち姿が綺麗だと思うと同時に、言い知れぬ後悔が襲いかかってくる。

俺は、リアにひどい態度を取ったメイドに対して怒っていたが、そもそもリアに……いや。リリーにひどい態度を取ってきたのは俺自身だったではないか。

数日だが一緒に過ごしてきたからわかる。リリーは、母や姉が話していたような女じゃない。明るくて優しくて、あんな扱いをされても落ち込んだり泣いたりしない強さを持っている——素敵な女性だ。

リリーは俺がルイだとわかっていた。その上で、あんなに親切に接してくれていた。自分の妻にも気づかないこんなダメな俺に……。

今、リリーは俺との離婚を勧められている。母や姉の目的は補償金をリリーに渡さないため。そして、この家の当主の座をリリーに譲らないため。

俺としては金はリリーに受け取ってもらいたい。……が、リリーがこんな家から離れたい、俺と離婚したいと言うのなら俺に止める資格はない。

そう思いながらリリーを見つめると、彼女は母と姉に向かってキッパリと告げた。

「申し訳ございませんが、私はルイ様と離婚するつもりはありません」

「!!」

離婚するつもりはない？　……本当に？

「なんですって⁉　あんた、そこまでしてお金が欲しいの⁉」

「お言葉ですが、その言葉そっくりそのままお返しします」

「この女……！」

姉はガタッと立ち上がってリリーに近づき、彼女の髪の毛を力いっぱい引っ張り出した。

「きゃあああっ！」

「⁉」

姉さん⁉　何やっているんだ⁉　ここまでする女だったのか⁉

今すぐ姉を止めたいが、今のこの小さな体でできるとは思えない。俺は周りを見渡して、花瓶に挿さった花のタネを瞬時に取り出した。ちょうどいい大きさのタネがあったのは幸運だ。

しかし、そんな間にも姉の暴挙は進んでいる。

「うるさいっ！　いいから早く離婚承諾書にサインしなさいよっ！」

「い、嫌です！」

「この女……っ」

バシッ！

姉は髪を引っ張るだけでなく、リリーの頬を平手打ちした。間に合わなかったことを悔やみながら、俺は持っていたタネを姉に向かって思いっきり投げた。

くそっ！

ペシッ

小さな音だったが、確実に姉のこめかみに当たった。こんな小さな体だが、俺が力いっぱい投げたのだから痛いに決まっている。悲鳴と共に姉の手がリリーから離れた。

よかった。今のうちに逃げろ………って、あ。

どこから飛んできたのかと部屋を見回す執事やメイドに見つからないよう花瓶の陰に隠れていると、たまたまこちらを見たリリーと目が合った……気がした。

まずい！

なんとなくそう思い、俺はクルッと後ろを向いた。背後からリリーの視線を感じる……気がする。

顔を合わせるのが気まずくて、つい後ろを向いてしまった……。俺に気づいたよな？

その後、姉が警備兵を呼んでリリーを指輪泥棒に仕立て上げようとしたので、そっと持っていた指輪をキャビネットの上に置いた。このモフモフの体は、小さい物ならその毛の中にうまくしまっておくことができるのだ。

メイドの口に焦げたクッキーを突っ込んだときにも、この毛の中に隠し持っていた。

宝石が見えるように置いておけば、そのうち気づくだろう。これでリリーの疑いは晴れるはずだ。指輪を持ってきておいてよかったと、心から思った。

姉さんには恥をかかせてしまったが、自業自得だな。

それにしても――。

俺はずっと黙ったままソファに座っている母を見た。母は今のところリリーに何か罵声を浴びせたりはしていない。しかし、姉の言動を止めることもしなかった。

さっきリリーをバカにするような言い方をしていたし、母も姉と同じようにリリーに冷たく当たっていたのか？

母がリリー以外の者を全員部屋から出し、彼女と二人きりになった。どんな話をするのか。そう思った瞬間――。

ガチャ――ン！

「!?」

リリーが母に声をかけるなり、母は持っていたティーカップをリリーに投げつけた。すぐ後ろにある壁にぶつかったカップは割れ落ちて、リリーの頬には赤い線ができている。破片で切ってしまったようだ。

「このグズ女。いつからそんな偉そうな態度をできるようになったの？」

醜い顔で汚い言葉を吐いた母を見て、心の底から軽蔑する気持ちが押し寄せてくる。

ああ……やはり母も同じだったか。

ガラガラと音を立てて俺の中の何かが壊れていく。

俺の見ていたもの、聞いていたこと、信じていたもの、すべてが間違いだった。すべてが嘘《うそ》だった。——ずっと俺は騙《だま》されていたのか。

不思議と怒りは感じなかった。それよりも、自分自身に対する呆《あき》れと嫌悪感がすごい。

リリーはあんなに優しい女性だったというのに、俺は母の言葉を信じて彼女をずっと無視していた。

幸せに暮らしていると思っていたリリーは、実際には使用人以下の扱いを受けていた。

彼女は……いったいどんな気持ちでこの二年を過ごしていたのだろうか。

いつも笑顔で接してくれていたリリーの姿を思い出すだけで、胸が苦しくなる。

リリー……本当にごめん。


——そんな状態でこの屋根裏部屋に戻ってきた俺は、ベッドに横になったリリーの姿を見てギュッと心臓を握り潰されたような感覚に襲われた。

これは彼女に対する罪悪感なのか、それともまた違う感情なのか……。

近づくたびに心拍が速くなって苦しいのに、なぜか体は自然とリリーのほうに向かっていく。

枕元にぴょんと飛び乗ったとき、リリーに名前を呼ばれた。

「ルイ様……」

「！」

ドキッ

心臓が大きく跳ねた気がする。名前を呼ばれただけなのに、なぜこんなに緊張しているのか。

つい先ほど知ったばかりのリアが俺の妻だったという事実が、俺の心を乱している。

正直、リアがリリーだと知ってすごく驚いた。

なぜ気づかなかったのかと悔しくなって、今までのことを申し訳なく思って、そして……嬉《うれ》しく思ってしまった。

リアが俺の妻であったことに、心からホッとしてしまったんだ。

この感情がなんなのか、なんとなくわかっている。俺がリリーに対してそんな感情を持つ資格なんかないってこともわかっている。だけど……うまく感情を抑えられるかわからない。

……とにかく、今までのことをリリーに謝罪しなければ。

「なんだ？」

「！　ルイ様！」

俺が声をかけると、横になっていたリリーがガバッと顔だけ起こしてこちらを見た。

リリーの顔が今まで以上に近くにある。

今だけはこの姿に感謝だな。人の姿だったなら、顔が赤くなっていただろうから……。

第六章　嫌な予感

「え⁉　これが夕食ですか？」

「はい。どうぞ」

調理場で働く使用人から手渡されたプレートを見て、私は思わず本当に合っているのかと聞いてしまった。なぜなら、どう見ても作りたての美味《おい》しそうな料理が盛られていたからだ。

アルビーナ様やマーサ様とあんなことがあったばかりだし、今夜も食事を抜かれる覚悟だったのに……いったいどうして？

想像と違いすぎて、素直に喜んでいいのかわからない。そんな私の戸惑いが伝わったのか、プレートを差し出してくれた使用人が小さな声でこっそりと教えてくれた。

「実は、今日からきちんとした食事を出せとのお達しがあったのです」

「えっ？　……アルビーナ様から？」

「はい。ただ、自室で食べさせるようにとも言われましたので、器は変わらずこちらのプレートに盛らせていただきましたが」

「それは全然かまわないわ。……ありがとう」

使用人は気まずそうにペコッとお辞儀をして仕事に戻っていった。

アルビーナ様の指示でこの食事に変更されたなんて。何を企んでいるのかしら？　ルイ様にきちんとしたものを食べさせてあげられるから嬉《うれ》しいけど……どうにも引っかかるわ。


「ルイ様、お待たせしました。夕食です」

「……どうしたんだ、それ」

私と同じように、ルイ様も目を丸くしてプレートを凝視している。この料理がルイ様にとっては当たり前の食事だったはずなのに、私の普段の料理に慣れすぎたせいか『それ』呼ばわりだ。

「今日からきちんとした食事を出すようにと、アルビーナ様に指示されたそうですよ」

「母から？　まさか毒でも入ってるんじゃないだろうな……？」

「そんな、まさか……」

ルイ様ってば。すっかり自分の家族に対して疑心暗鬼になっているわね。いくらなんでも、私を殺そうとなんてしないわ……たぶん。

それはないと思いたいけれど、実は疑いの気持ちも少しある。あの義母と義姉のことだ。離婚しないのならばと、私を殺そうとしてもおかしくはない……気がする。

「本当に毒が……？　食べないほうがよいでしょうか？」

「いや。そんなことを繰り返したら餓死するだけだ。俺が毒味をする」

「ええっ!?」

ルイ様が毒味!?　いやいやいや！　毒味をするなら私のほうですよ!?

お皿についていたソースに手を伸ばしていたルイ様からお皿を奪い取り、私は自分の指にソースをつけた。

「毒味なら私がします！」

「はあ!?　ダメだ！」

「ルイ様が毒味をするなんてありえません！　何かあったらどうするんですか!?」

「それはリリーだって同じだろう!?」

「私に何かあっても誰も困りません。それよりルイ様に何かあったら――」

「リリーに何かあったら俺が困るからダメだ！」

「………え」

真剣に押し問答していたのに、急にピタリと止まった。ハッとした様子のルイ様が、慌てて短い手をブンブンと振り回しながら訂正をしている。

「いや、それは、ほら。俺の不在時に妻が毒死だなんて、困るだろう!?」

「あ、ああ……そういう……」

やだ。危うくまた勘違いをしそうになっちゃったわ……って、あっ!!

私が戸惑っている間に、いつの間にか私の手に乗ってきていたルイ様が指についたソースをペロッと舐《な》める。

「ルイ様っ!!　ああ、どうして！　大丈夫ですか!?」

「……うまい」

「え？」

「体もなんともないし、味もいつものソースの味だ」

私の手の上でちょこんと座っているルイ様は、口をモゴモゴさせながら言った。

よかった……。というか、ルイ様が私の手に乗るのは久しぶりね。

………ああ、なんて可愛《かわい》いのかしら！！　小さいお口が動いているわっ。体がモフモフしていて気持ちいいわっ。お背中をなでなでしたいわっ。

何事もなくて安心すると同時に、久々に自分の手に乗ったルイ様が可愛すぎて胸がキュンときめいてしまう。そんな私からの異様な視線に気づいたのか、ルイ様がゾッとしたかのように体をブルッと震わせていた。

「……なんだ？」

「い、いえ。なんでも。毒でなくてよかったです。では、えっと……食べましょうか」

「？　ああ」

それぞれの料理をルイ様用に分けて、一緒に食事を始める。

今夜の料理は見た目だけでなく味もしっかりと美味しく、なぜアルビーナ様が私にこの食事を与えたのかの謎が深まるばかりだった。

「……これが何かの作戦かもしれないからな。気は抜かないように」

「わかりました」

ルイ様に返事をして彼に視線を向けたとき、白銀色の毛に先ほどのソースがついていることに気づいた。私の指についていたソースを舐めたときについてしまったのかもしれない。

ソースがついているわ！！！　なんて……なんて可愛いの!!

……ダメよ、リリー。興奮している場合じゃないわ。すぐに拭き取って差し上げなければ。

「ルイ様、少し失礼しますね」

「ん？」

そう一言告げるなり、私はルイ様の腹部を指でこすった。少し時間が経過しているからか、ルイ様の毛のせいなのか、固まっている部分があって綺麗《きれい》に拭ききれない。

あら？　なかなか取れないわ。

「なっ!?　リ、リリー、何を……!?」

「少し我慢してください」

「いや。我慢って。いったい何を……!?」

腹部を何度も撫《な》でられてくすぐったいのか、ルイ様は短い手で私の指を押し返そうとしてくる。

通常なら力で敵《かな》うはずのない相手だけれど、今の姿であれば私のほうが力が強い。

申し訳ないと思いつつ、私はそのまま拭く手を止めなかった。

「もう少しですから」

「いや……はっ、ははは っ」

「！」

笑ってる！

我慢できずに笑い出したルイ様を見て、胸が鷲掴《わしづか》みにされたような感覚になる。ずっと見ていたくて、汚れが取れたあともつい撫でるのを続けてしまったのは……ルイ様には内緒だ。


その後もまともな食事を出され、アルビーナ様にもマーサ様にも会わないまま数日が過ぎた。

私へのあたりが厳しくなるだろうと思った予想は外れ、平穏な毎日を過ごしている。

毎食きちんとした食事をとっているおかげか、肌や体調もとても良い感じだ。

「あれから特に何もないな」

「はい。離婚の話もされませんし、なんだか怖いくらいです」

床を水拭きしながら答えると、ルイ様は目を細めて私を見た。

「まあ、改心したわけではないだろう。俺の妻をこんな部屋に住まわせ、掃除も自分でさせているんだからな」

ドキッ
俺の妻――そんな言葉にこれほど素直に反応してしまう自分に呆《あき》れる。内心喜んでいることを気づかれないように、平静を装って「そうですね」と返事をした。

私がリリーであると知られてからも、ルイ様とは変わらずに仲良くできていると思う。ルイ様が手のひらサイズの可愛いモフモフ小動物なので、あまり夫婦という感じはしないけれど。

「それより、魔女の呪いを解く方法……どうやって調べたらいいのでしょう？」

「それなんだよな。リリーが直接王立図書館に入れることはわかったが、現状それも難しいだろう」

「すみません」

「謝る必要はない。リリーは何も悪くないんだから」

「…………」

マーサ様の本性を知ったルイ様は、姉に代わりに図書館に行ってもらおうとしていた作戦がどれほど無謀なものだったのかを理解したらしい。そして、私が直接行くのが難しいということも。貴族らしい服は持っていないし、馬車を出してもらうこともできない。かといって別の案も何も浮かばない。……私はなんて役立たずなのかしら。

早くルイ様を元の姿に戻してあげたいのに、協力したい気持ちはあるのに、何もできない自分がもどかしい。

「私が図書館に行けるようにアルビーナ様にお願いしてみましょうか？」

「それはダメだ。許可する代わりに離婚しろなんて言われかねないからな」

「たしかに……」

「実は、呪いをかけられたときの状況を曖昧にしか覚えていなくて、今朝思い出したことがあるんだが……魔女は俺に呪いを解く方法を教えてくれていたんだ。変な言葉だったから理解できなかったんだが、その前に魔女はこう言っていた。『アタシの願いを叶《かな》えてくれたら元に戻す』と」

「アタシの願い……？」

「ああ。それがわかれば、図書館に行くことなく呪いを解くことができるかもしれない」

魔女の願い……？　なんだろう。こんな魔法をかけられるのに、自分では叶えられないっていうこと？

魔法が使える魔女よりも、小動物になったルイ様のほうが叶えられる可能性があること――そんなものがあるのか。

「難しいですね」

「ああ。魔女とはどんなものを欲しているのか……」

「見た目はどんな感じでしたか？　年齢とか、服装とか」

「年齢は四〇代くらいか。痩せていて、髪は少しボサボサで、黒い服を着ていた。宝石とかそういったものには興味なさそうに見えたな」

ということは、高価なものを求めているわけではなさそうね。まぁ、もしそうなら最初から代償として金銭を要求しているか……。じゃあなんだろう？

魔女のイメージというと、どうしても不穏なものばかりが浮かんでしまう。迷ったけれど、一応頭に浮かんだ〝それ〟をルイ様に言ってみることにした。

「たとえば……女性、とか？」

「女性？」

「昔本で読んだことがあるのですが、魔女は若い女性の血を飲んで若さを保っているという話が

「……」

「………まさか」

ルイ様が少し呆然《ぼうぜん》とした様子で私を見つめる。まさかとは言いつつ、どこかその可能性もあるかもと思っていそうな顔だ。

魔女の見た目が四〇代と言っていたけど、魔女の森の噂《うわさ》はもっとずっと昔からあるわ。同じ魔女なのかはわからないけど、もしそうなら実年齢は一〇〇歳を超えているかもしれない。それなのに四〇代に見えるのなら、本当に女性を生贄《いけにえ》にして血を——。

自分で考えておいて、ゾッと背筋が寒くなる。もしその答えが合っているのなら、今二二歳の私はピッタリ魔女の餌食になる年齢なのだから。

「どうしますか？　差し出してみますか？」

「差し出すって……誰を？」

「もちろん私です」

「はあ!?」

ルイ様は自分の乗っていた小さなクッションを私に向かって投げた。ポフッという軽い音を発しながら私の顔面に直撃する。

「いたっ」

実際にはまったく痛くないけれど、つい反射でそう言ってしまった。

ルイ様は短い腕を組みながら、テーブルの上から床掃除中の私を見下ろしている。

「バカなことを言うな！」

「……ごめんなさい」

「もし本当に女性が必要だったとしても、リリーを差し出すことはしない。絶対に！」

「…………」

ルイ様……。

ここまでハッキリと言ってもらえて、嬉しくて胸がギュッと締めつけられると共に温かい気持ちになる。

「誰かを犠牲にしないと助からないというのなら、それはもう諦めるしかない」

「ずっとこのままのお姿で生きていくということですか？」

「一人ではそれなりにつらい状態だとは思うが、リリーとはこうして話せるしな。そんなに悪くもない」

「！」

「まあ、俺が元に戻らないとリリーの身が危ないから、できることなら戻りたいが」

う――ん……と唸《うな》っているルイ様に、つい熱い視線を送ってしまう。

ルイ様、無意識なのかしら？　こんなにも優しい言葉をかけられ続けたら、どんどん惹《ひ》かれてしまうわ。

ガチャ！

はぁっとため息をついたとき、ノックもなしに部屋の扉が開いた。顔を覗《のぞ》かせたのはまたしてもメイドのグレンダだ。

「……何かしら？」

「マーサ様がお呼びです。すぐに来てください」

「‼」

とうとう動き出したのね。今度は何を言われるのかしら……？

グレンダからは見えないようにうまく裁縫道具の陰に隠れたルイ様が、私に合図を送ってくる。手を自分に向けて『俺も行く！』と言っているのだ。

「すぐに行くわ」

私は立ち上がると共に、こっそりとテーブルの上にいたルイ様を自分の服のポケットに入れた。

苦しいかもですが、少し我慢してくださいね！

そう心の中で言うなり、覚悟を決めてグレンダのあとを追った。


「まずはお風呂に入っていただきます」

「へ⁉」

思ってもみなかった言葉に、変な声が出てしまった。これからまた義母と義姉との対決が待っていると覚悟したというのに、まさか最初にすることが入浴だとは。

それはすごくありがたいけど……いったいどうして？

聞きたいけれど、きっとグレンダは答えてくれないだろう。案内された自室の浴室に入り、私は素直に言うことを聞くことにした。

まるでルイ様が帰ってきたときのようね…………ん!?

そこまで考えて、途中まで脱いでいた動作をピタリと止める。

待って。姿が見えないからうっかりしていたわ。今、ここにルイ様がいるんだった!

私のはいているスカートのポケットの中にはルイ様が入っている。

顔を出さない限り何も見えない状態だとはいえ、これから裸になる場所にルイ様がいるという事実がどうにも容認できない。

ど、どうしましょう!

入口にはグレンダがいて私のことを見張っているし、今ポケットからルイ様を出すことはできないわ。見つかったら大変だもの。部屋のどこかに隠れるとしても、何かの拍子に私の裸が見えてしまうかも……!

それならばこのままポケットの中にずっと隠れていてほしい。そう伝えたいけれど、グレンダの視線が痛くて小声だとしても話しかけるのが難しそうだ。

「何やっているんですか？　早く脱いでください」

「あ……えっと、うん。わかったわ……」

私がそっとポケット部分に手を当てると、ルイ様がピクッと少し反応したのがわかった。

ルイ様にもこの会話が聞こえているわよね？　だったら何も言わなくても大丈夫……かな？

信じてます!!　ルイ様!!

完全にルイ様頼りになってしまったけれど、もうどうにもできない。私は覚悟を決めて服を脱いだ。

「急ぎますね。このあとメイクや着替えをしなければいけないので」

「えっ!?　またあのメイクをするの？」

「……あれはしません。今回は普通に身だしなみを整えるだけです」

「どうして？　なぜ今日はこんなことを……」

「それはまだ言えません」

ビシッと言いきられてしまい、それ以上は何も聞けなくなる。

やっぱり教えてくれないわね。でもあの派手で変なメイクじゃなさそうで安心したわ。……誰かに会うのかしら？

そんなことを考えながら、チラッと自分の服が置いてある場所を横目で見た。白銀色の毛が見えないかとソワソワしたけれど、まったく見えない。

まだポケットの中にいるのか、すでに抜け出して違うところに行っているのか。

……落ち着かないわ。早く出たい。

グレンダも急いでくれているのが救いだ。私もいつも以上に早く体や髪を洗い、すぐにお風呂から出た。

「そちらにかかってるバスローブを羽織ったら部屋に来てくださいね」

「わかったわ」

一足先に部屋に戻っていったグレンダを見送り、私はバスローブを羽織ってから自分のスカートを持ち上げた。感触的に、まだその中にルイ様がいるのがわかる。

ずっとここにいてくださったのね！　浴室の熱気で熱かったでしょうに。ありがとうございます、ルイ様！

「ルイ様、大丈夫で――」

そう声をかけながらポケットを広げてみると、そこには白銀色のまん丸いボールが入っていた。もちろんボールではなくルイ様なのだけど、一瞬ボールかと錯覚するほどに丸くなっていたのだ。ルイ様!?

こんなに丸まった状態は見たことがなかったので、慌ててルイ様をポケットから取り出す。熱すぎて倒れてしまったのかもしれない。

「ルイ様!?　大丈夫ですか!?」

隣の部屋にいるグレンダに聞こえないようにそう声をかけると、丸い物体から絞り出されたような声が私の耳に届いた。

「……大丈夫だ」

「な、なぜそんなに丸まって……」

「いや。絶対に見ないようにしなくてはと考えていたら、この状態に……」

「…………」

えええええ⁉　なんですか、それ⁉　ポケットの中にいたのに、さらに見えないように丸まっていたと⁉　可愛すぎませんか⁉

またまた胸がギュ――ッと締めつけられてしまう。この方はいったい何度私の胸に攻撃してくるつもりなのか。

「……もう終わりましたから大丈夫ですよ」

「まだ着替えは終わっていないだろう？」

「ちゃんとした服はまだですが、バスローブは羽織っていますし大丈夫です」

「…………ちゃんとした服を着たらまた教えてくれ」

えええええ⁉　もしかして、私の着替えが全部終わるまでこの格好のままポケットに入っているつもりなの⁉

「で、でもこれからメイクしたり色々と時間が……」

「いいから。大丈夫だから」

ルイ様は丸まった状態のままキッパリと言いきった。内側になっている顔がまったく見えないので、今どんな表情をしているのかわからない。

まさかルイ様がここまで気遣ってくださるとは思わなかったわ……。というか、もしかして照れてるの？

夫婦とはいえ、私たちは手すらつないだことがない関係だ。なので裸を見られるのには抵抗があるけれど、一応夫なのだしバスローブ姿なら大丈夫かな――そう思った私とは違い、ルイ様はそれすら見られないようだ。

ルイ様って意外と純粋なのかしら。

私以上に照れて頑《かたく》なにこちらを見ようとしないルイ様が愛《いと》しくて仕方ない。今こうして丸まっているのがこの国の英雄騎士様なのだと思うと、さらに微笑《ほほえ》ましい気持ちになる。

ふふっ。かわいい。

そう思いながら、私はそっとルイ様をポケットに入れた。

浴室を出て部屋に戻った私は、かけてあったドレスを見て目を丸くした。いつもなら派手なドレスがある場所。そこに、薄いピンク色のなんとも可愛らしいドレスがかかっていたからだ。

「これは……」

「今日着ていただくドレスです。さあ、メイクをしますから早くこちらへ」

真顔で冷たく言い放つグレンダに急《せ》かされ、私はドレッサーの前に座った。こちらもいつもは並んでいる宝石の数々がなく、シンプルなネックレスと綺麗な髪飾りが一つ置いてあるだけだ。

ルイ様が帰ってくるときとは全然違うわ……。いったい、これから何があるっていうの？

嬉しい気持ちよりも不安が大きい。

そんな私の様子に気づいているグレンダは、何も言わずにメイクを始めた。

……肌の色を暗くするファンデーションも使っていないし、目の上も青くされないわ。用意されているリップも真っ赤ではないみたいだし、本当に綺麗にするためにメイクされている気分だわ。

「……はい。出来上がりました」

「…………」

メイクとヘアアレンジを終え、ドレスを着せてもらった私は鏡の前で呆然と立ち尽くしている。

貧乏だった男爵家にいた頃にも着たことのない繊細で可愛いふわふわのドレス。そこまで大きくないのにしっかりと存在感を放っているダイヤのネックレス。緩く巻かれた長い髪は、サイドを半分編み込んでいてとても可愛らしい。

……これは本当に私？

そう自分自身に問いかけてしまうほど、別人のようになっていた。

「ではマーサ様を呼んできますのでここでお待ちください」

「あっ……グレンダ……」

バタン！

私の声かけにも応じず、グレンダは足早に出ていってしまった。今からマーサ様を呼んでくるとなると、少しは時間がかかるだろう。

私は浴室に戻り、置いてあったスカートのポケットを開いてルイ様を呼んだ。

「ルイ様。もう大丈夫です。今のうちに――」

……って、まあ。ルイ様ってば本当にこの長い時間ずっとその格好のままでいたの？

先ほど見たときと同じように、ルイ様は丸まった状態のままだった。この柔らかい小動物だからこそ体の痛みはないのかもしれないけど、ずっとこの体勢でいられる精神力がすごいと感心してしまう。

「もう着替えは終わったのか？」

「あ、はい。大丈夫です。もうすぐマーサ様がいらっしゃるそうなので、今度はこちらのお部屋に来てください」

「わかっ――」

私の手の上でムクッと起き上がったルイ様は、私と目が合うなりピタリとその動きを止めた。まるで途中で時間が止まってしまったかのように、半分しか起き上がっていない変な体勢だ。

「ルイ様？」

どうしたのかしら？　ずっと同じ姿勢でいたから、体が痛いとか？

背中を撫でようと指を動かすと、ルイ様はハッとして起き上がった。

「あ。大丈夫ですか？　どこか痛みますか？」

「いや。痛みなどはない。大丈夫だ」

「そうですか」

「ところで……その格好はどうしたんだ？」

「え？　ああ、このドレスを着るようにって言われたんです」

自分がドレス姿だったことを思い出し、少し恥ずかしくなる。ルイ様が先ほど驚いた顔をしていたのは私のドレス姿を見たからなのかと思うと、その反応にも不安になった。

あまり似合ってないのかしら？

「その格好で誰に会うんだ？」

「わかりません。とりあえず、今からマーサ様が来るとだけ」

「……なんだか嫌な予感がするな」

「？」

ルイ様はどこか不機嫌そうにそう言うと、私の手からぴょんと飛び降りてドレスのスカート部分に掴まった。小さい爪が引っかかっているのか、落ちることなくその場にくっついている。

「ルイ様？　どうしたんですか？　隠れるならあのキャビネットの上にお連れしますが」

「いや。ここでいい」

「ここって、ドレスにくっついてるってことですか!?」

「ああ。遠くにいたら、何かあったときに離れてしまうからな」

スカート部分にはいくつものレースや薄い布が重なっているので、ルイ様はその隙間にうまく隠れている。小さいし色も目立たないし、この状態ならばマーサ様にも気づかれないだろう。

まさかポケットの次はドレスの隙間に隠れさせることになるなんて。大丈夫かしら？

「その体勢、疲れないですか？」

「この体はあまり疲れないから大丈夫だ。それよりも……その、似合っていると思うぞ。いつもの赤いドレスよりもずっと」

「!!　……ありがとうございます」

「……いや」

すでにドレスの隙間に入っているルイ様の姿は見えないけれど、その声のトーンで照れているのがわかる。私の顔もきっと赤くなっているだろうから、ルイ様の姿が見えないことにホッとしてしまった。

でもこんな顔をしていたらマーサ様に怪しまれてしまうわね！　早く戻さなきゃ！　平常心！　平常心！

私が両頬を優しくパンッと叩《たた》いたと同時に、カチャ……と扉が開いてマーサ様が入ってきた。入るなり上から下まで私の姿をジロジロと凝視している。

「ふん！　まあまあね」

「……あの、マーサ様。今日はいったいどんな用で――」

「もう一度聞くけど、あんたはルイと離婚する気はないのよね？」

腕を組んだマーサ様は、私の言葉を遮って質問を投げかけてきた。ドレスに隠れたルイ様がピクリと反応したのがなんとなく伝わってくる。

「……はい。離婚するつもりはありません」

「だったらいいわ。離婚しなきゃいけない状況にさせてやるから」

「え？」

離婚しなきゃいけない状況にさせる？　どういうこと？

不機嫌そうな顔から一転、ニヤリと笑ったマーサ様は私に少しずつ近づいてくる。後ろに逃げたくなったけれど、なんとかその場に踏みとどまった。

「私が何をしようとしてるのか、わかる？」

「……いいえ」

「あなたが離婚承諾書にサインをしないから、どうしようかと考えたのよ。それで思いついたの。あなたがサインをしなくても、離婚させられる方法を」

「…………」

何？　なんなの？

今になって、ルイ様の言っていた『嫌な予感』というのが私にもわかってきた。背筋がゾワゾワして、よくわからない不安でどんどん鼓動が速くなっていく。

「それはね、あなたが他の男と不倫すればいいのよ」

「………はい？」

不倫すればいい？　私が？　マーサ様は何を言っているの？

「私は不倫なんてしません。ずっとこのお屋敷にいて、男性どころか女友達にだって会っていないんですよ？」

「そうね。あんたをこの家から出すつもりはないわ。何を言われるかわかったもんじゃないし。だからね、ここに相手を呼んであげたのよ」

「相手を呼んだ？」

ふふふ……と笑いながら、マーサ様は窓に近づき外の様子を眺めている。まるで誰か来るのを待っているようだ。

「ええ。みんなに婚約を断られて寂しそうな子爵家の次男をね」

「…………」

「彼は少し……そう、少しだけ太っていて、髪の毛もそうね……少しだけ薄いの。年齢はまだ三〇代なんだけどね？」

「…………」

「リリーがあなたを待っているわと伝えたら、喜んですぐに向かうと返事がきたわ」

「……なんてことを」

私とその男性の既成事実を作って、不貞をはたらいた妻として強制的に離婚させる気なのね⁉

ただ補償金が欲しいというだけで、私を売ってその男性を騙《だま》すようなことをするなんて……ここまでひどい人だなんて思わなかったわ。

怒りで手がプルプルと震えてくる。しかし、それ以上にこの場所に知らない男性が私目的にやってくるのだと思うと恐怖に襲われた。

どうしよう……怖い。もし本当に……そんな……。

そのとき、ルイ様が大きな声で叫んだ。

「リリー、逃げろ‼」

「！」

私にはしっかりと聞こえた言葉も、マーサ様にはただの動物の鳴き声にしか聞こえない。「今の鳴き声は何？」と言いながら、周りをキョロキョロと見ている。

ルイ様！　逃げろと言われても、どこに……。

声には出していないけれど、私の足が動いていないことで何を考えているのかがわかったらしい。マーサ様がいるのもかまわない様子で、さらに大きな声で叫んだ。

「いいから走れ！　とにかく外に出ろ！」

「ル……」

「早く走れ!!」

「!!」

……はい!!

「何？　何がキーキー鳴いてるの？　……って、あっ!?　ちょっと!?」

私から視線を外していたマーサ様の横を通り過ぎ、急いで廊下に出る。ドレスを着ているからうまく走れないけれど、それはマーサ様も同じだ。後ろから追ってきているのがわかるけど、追いつかれそうにない。

足の速さには少し自信があるんです！

運良く廊下に他の使用人の姿はない。私はただ夢中で廊下を走って玄関へと繋《つな》がる階段をかけ下りていく。

「はぁっ……はぁっ……」

「リリー！　そこを曲がって右側にある小さい部屋に飛び込め！」

「!?」

ルイ様の指示に従って、階段を下りてすぐにその部屋に飛び込んだ。マーサ様とは距離があったので、私がこの部屋に入ったのは見られていないだろう。少しして、階段を下りてきたマーサ様が「待ちなさい！」と叫びながら外に出ていった音が聞こえた。

……行った？

「なんとか撒《ま》いたようだな」

ドレスの隙間から、ルイ様がひょこっと顔を出す。

「はい。でも、マーサ様が庭にいたら出ていけません。言っていた男性が帰るまで、ここに隠れていればいいでしょうか？」

「ダメだ。もし見つかったら危険だし、またいつその男を連れてくるかわからない。そんな危険な場所にリリーを置いておけない」

「……ですが、私には行く場所なんて」

「教会とか色々と匿《かくま》ってくれるところはある。とりあえずこの家から出るんだ」

そう言うなり、ルイ様は床にぴょんと飛び降りるとトコトコと細い本棚に向かって歩いていく。

そして、下から二段目の本をいじったと思った瞬間――本棚が扉のように動き出した。

「なっ……!?」

「ここは家族しか知らない外への出口だ。亡くなった父が教えてくれた。屋敷の出入口を塞がれたときには、ここから外に逃げろと」

「このお屋敷にそんな場所が……」

本棚の奥は通路になっているようだった。

ここから外に出られるのね。でも真っ暗で少し……いえ。結構怖いわ！

どうしましょう。ルイ様が人間の状態だったら服の裾でも握らせていただきたいところだけど、今のルイ様には服の裾がないし……。

やっぱり、直接触れさせていただくしかないかしら？

「行くぞ」

「はっ、はい！　……あの、ルイ様。暗くて怖いので、ルイ様を持ち上げていてはダメでしょうか？」

「!?　…………いいけど」

「ありがとうございます！」

よかったわ！　少しでも誰かに触れていたら、怖さが半減しそうだもの。

ルイ様に呆れた目で見られている気がするけれど、気にしない。気にしない。

「では失礼します」

「…………」

ルイ様を自分の手に乗せて、私は真っ暗な通路に向かって歩き出した。

「あの本棚は開けたままでいいのですか？」

「こっちの扉を開けたら閉まるようになっている」

「へぇ……すごいんですね」

「……ランプを用意しておくべきだったな。俺は夜の森にも慣れているから、暗闇が怖いなど考えたことがなかった」

もう暗くて姿は見えないけれど、手のひらに感じるモフモフの心地良い部分からボソッとした声が呟《つぶや》かれる。

そっか……ルイ様は暗闇に慣れているのね。でも、私も思ったより怖くないかも。

ルイ様と一緒だからかしら……。

「ランプは必要ないですよ。私一人で使うことはないでしょうし、ルイ様が近くにいてくれたら怖くないですから」

「……そうか」

「はいっ」

そんな話をしているうちに、通路の突き当たりに来たようだ。扉の隙間からうっすらと光が漏れている。

「開けますね」

「ああ」

重い扉を力いっぱい押し開けると、公爵家の裏庭に出た。正門とは反対方向なのでマーサ様の姿はない。

ここに出るのね……。

うまく草木に隠れた場所で、普通に通ったならここに扉があるとは気づかないだろう。

私は扉を閉めて再度草木でその扉を隠すと、ルイ様の指示に従って歩き出した。

「ここを抜けて真っ直《ます》ぐ進むと街へ出られる。ひとまず一番近い教会を目指そう」

「はい！」

「⁉　待て！　危ない！」

公爵家の敷地を抜けて、塗装された道に出た瞬間――ちょうど通りかかった馬車に轢《ひ》かれそうになってしまった。

咄嗟《とっさ》にルイ様を抱きしめるようにして守ると、ギリギリのところで馬車は止まった。

あ……危なかったわ！

「おい！　大丈夫か⁉」

「はい。ルイ様は……」

「俺は平気だ。それよりなんで俺を庇《かば》おうとしたんだ⁉　すぐに自分の足を動かせ！」

私の手に包まれているルイ様は、小さい手で私の指をパシパシ叩きながら怒っている。私がルイ様を庇うようにして立ち止まったのがお気に召さないらしい。

そのとき、馬車から降りてきた人物が私たちの前に現れた。

「すみません！　大丈夫でしたか⁉」

「……あ」

その男性を見た瞬間、ルイ様が声を出した。

どこか見覚えのあるその男性は、ルイ様が行方不明になったと報告に来てくれた騎士団の方だ。

茶色の髪を一つに縛っている優しい顔をした騎士——ルイ様の部下、コリン卿《きょう》である。

「お怪我《けが》はないですか？」

「あ……はい。大丈夫で——」

「ああっ!?　腕から血が!!」

「え？」

コリン卿の慌てた声で、自分の腕から血が出ていることに気づいた。

何が怪我の原因なのかと、コリン卿は焦った様子で周りをキョロキョロと見回している。

「馬車を急に止めたから、小石か何かが飛んでしまったのかもしれないですね。本当に申し訳ないです！」

「いえ。これくらい大丈夫で——」

「ダメですっ！　手当てをするので早く馬車に乗ってください！」

「えぇ……!?」

またまた返事の途中で遮られてしまった。

コリン卿はルイ様とは違い、とても元気で慌ただしい方のようだ。

「そんな、大丈夫ですよ」

「ダメです！　ドロール公爵家の方ですよね？　俺が怪我させたなんて団長に知られたら、俺殺されちゃいますから！」

「…………」

まさか、そんな。

そう言いたかったけれど、顔面蒼白《そうはく》なコリン卿の顔を見る限り本気で言っているのがわかる。

いったいどれだけ怖い団長さんだったのかしら？　ルイ様ってば。

チラリと私の手の中にいるルイ様を見ると、彼は気まずそうにボソッと呟いた。

「コイツはいつもこう大袈裟《おおげさ》なんだ。だが、馬車に乗れるならそのほうがいい。姉がいつここに来るかわからないからな。リリー、馬車に乗るんだ」

「！」

たしかにそうね。マーサ様に見つかったら大変だし、お言葉に甘えさせていただきましょう。

ルイ様の声は動物の鳴き声として聞こえていたらしい。コリン卿が興味津々にルイ様を見た。

「ずいぶん小さな動物ですね」

「あっ……はい。そうなんです」

「白銀色の毛並み……それに、エメラルドグリーンの瞳……」

「!!」

コリン卿は自分のアゴに手を置き、真剣な顔でジ――ッとルイ様を見つめている。

この方、もしかしてルイ様の正体に気づいたのかしら!?

ずっと一緒に働いているんだもの。気づいたっておかしくはな――。

「すごく可愛いですね！　撫でさせてもらってもいいですか!?」

「………どうぞ」

キラキラと輝く瞳でお願いされて、スッとルイ様を乗せた手を前に差し出す。期待した分、予想外の反応に少しガッカリしてしまった。

うん。そうよね。普通はこの小動物が国の英雄騎士だなんて思わないわよね。

私はよく気づけたな……と自分自身に驚いてしまう。

ルイ様はコリン卿に撫でられたくないのか、必死に私の指に掴まってその手から逃げていた。

「あれ？　全然触らせてもらえないな」

「……人見知りするんです」

ルイ様ってば。少しくらい触らせてあげてもいいのに。

よほど触られたくないらしく、ルイ様は小さい手でコリン卿の指をペシペシと叩いて拒否している。しかし、叩かれているコリン卿はショックを受けるどころか顔を輝かせて喜んでいた。

「うわあ……！　見てください。叩いてますよ！　可愛いですねぇ」

「！　そうなんです！　とっても可愛いんですよ」

「!?」

私の言葉を聞いて、ルイ様がギョッとした様子で私を見上げた。今まで本人に向かって可愛いと言ったことがなかったのだから、驚くのも無理はない。

でもでも、本当はすごく言いたかったの！　誰かとこのルイ様の愛らしさについて語りたかったの！

ルイ様からの異様な視線に気づかないふりをして、私はコリン卿との会話を続けた。

「こんなに叩かれても全然痛くないし、むしろモフモフしてて気持ちがいいです」

「わかります～！　ずっと触っててほしいって思っちゃいますよねっ」

「いいな～。俺も手の上に乗せたいなぁ～」

「慣れたらきっと……たぶん……ほんの少しは乗ってくれるかもしれませんよ」

そこまで言ったとき、呆れたような軽蔑したような顔で私たちを見ていたルイ様が叫んだ。

「コリンの手に乗るわけないだろ！　リリー、気色が悪いことを言うな」

「気色が悪いなんて！　そんな言い方……あっ」

つい気が緩んでしまい、コリン卿の前だっていうのにルイ様の言葉に返事をしてしまった。

ルイ様の言葉がわからないコリン卿から見たら、私がいきなり小動物に向かって話しかけた変な女に見えたことだろう。

いけない！　つい反応してしまったわ！

コリン卿は元々のパッチリした目をさらに丸くして、少し引いた様子で私とルイ様を見ている。

どうしましょう！　変な女だって思われたかしら!?

実際には短い時間だったけど、やけに長く見つめ合っていた気がする。お互いが気まずい顔をしている中、意を決したようにコリン卿が口を開いた。

「あの、今……」

「あっ！　馬車！　馬車に乗せてもらってもよろしいですか!?」

「え……あ、はい。ど、どうぞ」

何か聞いてこようとしたコリン卿の言葉を遮り、私は無理やり話を変えた。

あきらかに不自然だったとは思うけど、コリン卿は戸惑いながらもそれを承諾して馬車の扉を開けてくれる。

あ……危なかったわ。『今その動物に話しかけてました？』なんて聞かれても困るもの。

コリン卿からはまだ変な目で見られているけれど、タイミングを失ったからか再度聞かれることはなく、スッと手を差し出された。

「ありがとうございます」

不自然な作り笑いを浮かべながら、私はコリン卿の手に掴まり馬車に乗り込む。

「どうぞ、座ってください」

「はい」

「…………」

「…………」

し――ん……

ううっ。どうしましょう。すごく気まずいわ！　何か話さないとまた質問されてしまうかも……えっと……。

頭の中でグルグル考えていると、コリン卿が遠慮気味に問いかけてきた。

「お名前も聞かずにお話ししてしまいましたが、もしかして……その、団長の奥様のリリー様でしょうか？」

「えっ!?」

どうしてわかったの!?

私とコリン卿が顔を合わせるのは、今日が初めてだ。ルイ様から事前に名前を聞いていなかったら、この方がコリン卿という名前だということすら知らなかった。

結婚式はルイ様の遠征期間が長いのを理由にやっていないし……。もしルイ様から私の特徴を聞いていたとしても、今の私とは結びつかないはずだし。なんでわかったのかしら？

「あ。やっぱりそうなんですね。ご挨拶が遅れて申し訳ございません。自分は団長の部下でコリンと申します」

「こちらこそ名乗らず申し訳ございませんでした、コリン卿。それにしても、その……よく私だとわかりましたね？」

「え？　あ――……はい。なんとなく」

「？」

コリン卿は、なぜか後ろめたそうな顔をして私の手の中にいるルイ様を見ている。

なんとなく？　なんとなくで、会ったこともない私がわかったっておかしいわよね？

私が疑わしい目をしていたからか、少し焦った様子でコリン卿がつけ足してきた。

「あの！　なんとなくというか、その……素敵なドレスを着ていますし、マーサ様ではないからもしかしてリリー様なのかと」

「ああ。そうだったんですね。すみません、なぜわかったのかと驚いてしまって」

「い、いえいえ」

そっか。たしかにこんなドレスを着ていたら使用人とは思わないわよね。なんだか不自然な気がしたけど、気づかれて当然のことだったわ。

「リリー。コリンに他の団員のことを聞いてくれ」

手の中にいるルイ様が、コソッと話しかけてくる。私の前では普通にしていたけれど、実はずっと気になっていたのかもしれない。

「あの、他の団員の方はみなさん無事ですか？」

「はい。みんな怪我もなくあの森を出ることができました」

ルイ様がホッとしたのが手のひらからなんとなく伝わってくる。

「あっ！　そういえば、リリー様の怪我の手当てをしなきゃいけなかったのに！　すみません。すぐに……！」

「そんなに急がなくて大丈夫ですよ」

「いえ。そういうわけにはは！」

そう言いながらコリン卿は自分の荷物の中から巾着を取り出し、中をゴソゴソと漁《あさ》り出した。カチャカチャと音がするので、小瓶などがいくつか入っているのかもしれない。

あれは薬などが入っているのかしら？　さすが騎士様ね。そういったものを持ち歩いているなんて。

感心しながらその様子を眺めていると、ルイ様が少し不機嫌そうな声でボソッと呟いた。

「リリー。手当ては自分でやると言え」

え？

まだコリン卿から何か言われたわけでもないのに、なぜかルイ様は突然そんなことを言い出した。イライラしているのか、私の手の中で小さな足を小刻みに動かしている。

「きっと軟膏《なんこう》を取り出すはずだ。もしコリンがリリーの腕に塗ろうとしてきたら、すぐに断れ」

「……………」

なんで……？

そう問いたいけれど、コリン卿の目の前で聞けるはずもない。

よくわからないけどルイ様がそう言うのなら従っておきましょう……そう思って顔を上げたとき、こちらを見ていたコリン卿と目が合った。どこか驚いた様子で目を丸くしている。

「……コリン卿？　どうかされましたか？」

「あ。いえ……あっ、これが傷によく効く軟膏です」

そう言ってコリン卿が巾着から軟膏を取り出して私に見せてくる。

まあ。ルイ様の言った通りだわ。本当に軟膏を……あっ、では自分でやるって言わなくちゃ。

「ありがとうございます。自分で塗りますので、お薬を貸していただけますか？」

「…………いえ。片手では難しいと思うので、俺がやりますよ。遠慮しないでください」

コリン卿は、少し間を置いたあとにっこりと意味深な笑みを浮かべて言った。

すかさずルイ様が口を挟んでくる。

「リリー。断れ」

「……大丈夫です。一人でできますから」

「いいえ。本当に遠慮しないでください。すぐに終わりますから――」

そう言ってコリン卿の手が私の腕に触れそうになったとき、ルイ様がヒュッと抜け出してその手を蹴飛ばした。

ペシッ
なんとも可愛らしい音が私の耳に届く。

ええっ⁉　ルイ様、何を⁉

コリン卿に飛び蹴りをしたルイ様は、そのまま私のドレスの上に着地するなり短い腕を組んでふんぞり返っている。

突然可愛らしい小動物に蹴られたコリン卿は、キョトンとしながらルイ様を見つめた。

「いたっ……くないけど、え？　今、俺蹴られました？」

「蹴られて……いましたね。あの、本当にごめんなさい」

「あっ、いえ。全然大丈夫です！」

コリン卿は驚いてはいたけど怒ってはいないようだ。

「あの、やっぱり私が自分で処置しますよ」

「いえいえ。気にしないでください。さあ、腕を――」

ペシッ

コリン卿の手が私の腕に伸びてきたとき、またもやルイ様の飛び蹴りがコリン卿を襲った。

ルイ様!?　な、なんでそんなにコリン卿に攻撃を……!?

「…………」

「…………」

思わず黙り込んでしまう私とコリン卿。二度も蹴られたというのに、なぜかコリン卿は怒るどころか少し嬉しそうな顔をしている。

「あの、本当にごめんなさい。いつもはこんなことしないんですけど……」

そう言ってルイ様を両手でわしっと捕まえると、コリン卿が満面の笑みで楽しそうに声を上げた。

「もしかしてヤキモチを妬《や》いているんですかねっ？」

「えっ!?　ヤ、ヤキモチ？」

「はい。だって、俺がリリー様に触れようとするたびに蹴ってくるから、ヤキモチを妬いているのかなぁって」

「まさか……」

あのルイ様がヤキモチを？　…………いえ。ないわ。絶対にないわ。まさかそんな……。

チラリとルイ様を見ると、偶然私を見上げていた彼とバッチリ目が合ってしまった。

その瞬間、ブンッとものすごい勢いで顔を背けられる。

ああっ、ほら！　変な疑いをかけたから、怒ってしまったわ！　なんとか訂正しておかないと。

「ただ機嫌が悪かっただけだと思いますよ」

「そうですか？　じゃあ試してみますか？」

「え？」

ふと気がつくと、いつの間にかすぐ隣にコリン卿が座っていた。私と肩を組もうとするように、その腕が私の背中に伸びてきた瞬間――。

「いっっったあ！！！」

「!?」

そう言って私から離れたコリン卿の手には、ルイ様がくっついていた。ガブリと思いっきりその手に噛《か》みついているのが見える。

ええっ!?　ルイ様!?

ルイ様は振り落とされる前に口を離し、優雅にスチャ！　と私のドレスの上に着地した。すっかり歯形がついた自分の手の甲を見ながら、コリン卿が半泣き状態で叫んだ。

「もぉ――!!　冗談なのに！　ひどいですよ団長！」

「……え？」

「あっ」

団長？　今、団長って言った？

パッと自分の口を押さえたコリン卿は、気まずそうに私とルイ様を交互に見た。ルイ様は少し怒りをこらえているような声でコリン卿に詰め寄る。

「……お前。俺が誰だかわかっていたのか？」

「ごっ、ごめんなさい!!　だって二人して俺に何も言ってこないから、知ったらダメなことなのかと思ってなかなか聞けなくて……！」

「言葉もわかるんですね？　いつからですか？」

「えっと……さっき団長が『コリンの手に乗るわけないだろ』って言ったのが聞こえたときから……」

あ。私がつい返事をしてしまったときね。じゃあ、あのときコリン卿が驚いた顔をしていたのは、私が独り言を言ったからではなくてルイ様の声が聞こえたからってこと？

あのとき、たしかコリン卿はルイ様の毛色や瞳の色について何か言っていた。私と同じように、うっすらルイ様を思い浮かべたのかもしれない。

正体に気づいた者にだけ声が聞こえるって魔女が言っていたらしいけど、ハッキリと気づいていなくても頭に浮かべるだけでもいいのね。

私もルイ様だと確信する前に言葉がわかるようになったし……。

「気を使わせてごめんなさい。コリン卿。実は、ルイ様のことを説明しようとすると変な言葉に変換されて、何も伝えられなくなっちゃうんです。なのでこちらから話すことができなくて」

「そうだったんですね。俺、知ったらいけなかったのかとちょっと焦っちゃいました」

「いえ。私の他にも気づいてくれた方がいて心強いです」

「そう言ってもらえると俺も安心……」

「おい」

私とコリン卿が朗らかに話していると、突如ルイ様の不機嫌そうな声がそれを止めた。

「俺の声が聞こえていたなら、俺が怪我の手当ては自分でやると言えってリリーに言ったのも聞いていたんだよな？　なら、なんであんなに譲らなかったんだ？」

「ああ。それは……」

一瞬チラッと私を見たコリン卿が、笑顔のまま言葉を続ける。

「団長が俺にヤキモチ妬いてるのがおもしろくて、つい」

「！」

ま、またヤキモチって！　ルイ様がそんなの妬くわけないのに！

照れて焦っている私と違い、ルイ様は冷めた声で「ほぉ……」と呟いた。

その怪しいオーラに気づいたのか、コリン卿から笑顔が消える。

「あ。その……おもしろかった、ではなくてですね。楽し……いや。めずらし……でもなくて」

「もういい。お前が俺で楽しんでいたことはよくわかった」

「いや！　そうじゃなくて！　仲悪いって聞いてたのに奥様と仲良くしてるから、なんか少しからかいたく……じゃなくて！　えっと……」

「なるほど。俺をからかって遊ぼうとしたのか。よし、そこにもう一度手を出せ。思いっきり噛みついてやる」

「待ってください団長！　さっき噛まれたのも本気で痛かったんですからね!?　ほら、見てください。血が出てます！」

　そう言いながらコリン卿が自分の手の甲を私たちに見せてきたとき、小さな傷からプクッとほんの少しだけ血が浮き出た。ルイ様が呆れたような声を出す。

「仮にも騎士のくせにそんな小さい傷で――」

　ボンッ!!

「!!」

「!?」

　ルイ様が話している途中で、何かが爆発したような音がした。

　思わずつぶってしまった目をゆっくり開けると、先ほどまではいなかった人物が馬車に乗っていることに気づく。

　白銀色のサラサラとした短い髪、後ろ姿からもわかるほどの体格の良い肩幅、王宮騎士団の服を着ている立派な騎士様が馬車の床に座っている。

「……ルイ様!?」

　元に戻った!?

「リリー……これは……」

　戸惑った様子のルイ様がこちらを振り向き、エメラルドグリーンの綺麗な瞳と目が合った。

　どういうこと？　ルイ様の呪いが解けた？　でも、なんで？

　混乱している私とルイ様とは違い、驚きながらも軽い様子のコリン卿が声を上げた。

「あっ！　団長！　元に戻ったんですね！」

「元に……なぜ……」

そうルイ様が呟いたとき、辺りが真っ白になった。

何もない空間なのか霧のようなものなのかわからないけれど、馬車の椅子も窓も何も見えない。

なのに私はたしかに何かに座っている。なんとも不思議な感覚だ。

なぜかハッキリと姿が見えるルイ様とコリン卿も、不思議そうに周りをキョロキョロと見回している。

「ルイ様。これはいったい……」

「あんな小さい動物でよくやったねぇ～」

「!?」

突然聞こえた知らない女の人の声。気がつけば私たちのすぐ横に、見たこともない黒髪の女性が……浮かんでいた。

馬車の中だったなら頭をぶつけてしまっているはずなので、ここはやはり異質な場所なのだと頭の片隅で確信する。

その女性に向かって、ルイ様が叫んだ。

「魔女!!」

「そうさ。元の姿に戻れたヤツは数十年ぶりだ。よかったねぇ～」

この人が魔女!?　な、なんでここに!?

魔女は長い指でルイ様を指し、ケタケタと楽しそうに笑っている。私もコリン卿も怯《おび》えた表情で魔女を見つめているけれど、ルイ様だけはキッと魔女を強く睨《にら》みつけていた。

「……なぜ俺は元に戻れたんだ？」

「それはアタシの願いを叶えてくれたからさ」

「願い？」

「ああ」

魔女はルイ様から視線を外し、その隣にいるコリン卿をジッと見つめた。ニヤリと笑った顔が恐ろしかったのか、コリン卿が小さく「ひっ」と声を出して体を震わせている。

どうしてコリン卿を見ているの……？

魔女はコリン卿を見つめたあと、ペロッと口の周りを舐めるように舌を動かした。やけに舌が長く見えたのは、私の気のせいかしら。

「ああ、美味しいねぇ〜。若い男っていうのは」

「!?」

魔女の言葉に、私とルイ様が勢いよくコリン卿を振り返る。体の一部を食べられたと思ったのか、本人も自分の体をベタベタと触って確かめていた。

お、美味しいって……いったいなんのことを？

一番それを聞きたいはずのコリン卿は、すでに涙目になって魔女を見上げている。聞きたいけど怖くて聞けない——そんな顔だ。

それを察してか、ルイ様が威嚇するように目を吊《つ》り上げながら魔女に尋ねた。

「どういう意味だ!?　コイツに何をした!?」

「何かをしたのはアンタだろ？　アタシは何もしていない。アンタがくれた血を美味しくいただいただけさ」

「俺がやった……血だと？」

「ああ。その男の手に傷をつけたのはアンタだろう？」

「！」

手に傷って、さっきルイ様が噛みついたときの？

「それがなぜあなたに血を渡したことになるのですか？」

「リリー!?」

どうしても気になって会話に入ってしまった。見た目こそ不気味で恐ろしいものの、ルイ様との会話を聞いている限りそんなに恐怖は感じなかったからかもしれない。

突然私が話し出したことで、ルイ様は驚いた顔で私を振り返った。

……つい話しかけてしまったけど、この魔女……すっっっごく睨んでくるわっ！

魔女はさっきまでの笑顔を消し、ものすごく目を細めて私を睨みつけてきた。

あきらかに私を好んでいないことがうかがえるその顔を見て、ルイ様がバッと私の前に左腕を広げて庇ってくれる。

「リリーには手を出すな」

「ふんっ！　まだ何もしていないだろうが。これだから女付きの男は嫌なんだ。男は独身に限るよ」

「…………」

「まぁ、いい。お嬢ちゃんの質問に答えてやろう」

お嬢ちゃん!?　私、二二歳なのに！

少しショックを受けた私を嘲笑《あざわら》うかのように、魔女はニヤリと口角を上げて話し出した。

「アタシが欲しかったモノは、若い男の血だ。それも結婚していない、独身男のな」

「若い男の血？」

「そうさ。あっ！　それくらい自分で簡単に手に入るだろって思ったか？　それができないのさ。数百年前にかけられた魔術師の呪いのせいでな」

魔術師の呪い？

ルイ様に呪いをかけた魔女は、現在魔術師の呪いにかかっているということ？

色々と聞き返したいことはあるけれど、魔女が話すのをやめないのでそのまま黙って続きを聞くことにした。

「忌々しいあのグレゴーラがアタシに二つの呪いをかけたのさ。一つはあの森から出られなくさせること。もう一つはアタシ自身で他人を傷つけられなくさせること」

魔女は自分の長い指を二本立てた。爪が異様に長いので、指がとんでもなく長く見えて気味が悪い。

グレゴーラって、数百年前にいた天才魔術師の名前では……？　その彼に会ったことがあるって、この魔女は何歳なの⁉　もしかして本当に『最悪の大魔女』なの⁉　それに――。

「森から出られないって、今出てるだろ」

それです！！！

私の疑問をルイ様がそのまま聞いてくれたので、思わずうんうんと頷《うなず》いてしまった。コリン卿も同じことを思っていたのか私以上に激しく頷いている。

魔女は顔を歪《ゆが》めて「チッ」と舌打ちをすると、自分の体を触った。

「これは本体じゃない。呪いをかけたアンタのところに姿だけ見せているだけさ。まぁ、それもアンタが呪いを解いていなかったらできなかったことだけどね」

「俺がコリンの血を与えたってやつか？」

「そうさ。数十年してから気づいたのさ。アタシの呪いにかかったヤツを媒介すれば、血を飲めるってことにね。それに気づいてからは、森に来たヤツらを自由に動かして血を手に入れていたんだが……噂が広まって誰も来なくなっちまった」

「自由に動かして……？」

ルイ様が少し青ざめた顔で聞き返す。もし自分が魔女の意思通りに動かされていたら……と考えて恐ろしくなったのかもしれない。

魔女はそんなルイ様の反応を見てニヤリと嬉しそうに笑った。

「そうさ。昔は自由に動かせたんだ。だが誰も森に来なくなって血が飲めなくなってからは魔力がさらに落ちちまった。自由に動かせないから姿を変えて遊んでいたのさ。万が一でも血を出させてくれることを願ってね」

「なっ……!?」

「本当は直接言いたかったが、それもグレゴーラの呪いなのか『血をよこせ』と言えなかったのさ。なかなか気づいてもらえなくて長年もどかしくてねぇ」

「………………」

「まさかこんなに若くていい男の血が飲めるとは思ってなかったよ」

魔女がまたコリン卿に視線を移すと、コリン卿は真っ青な顔でルイ様の後ろに隠れた。

そんなつもりはなかったとはいえ、魔女に血を差し出してしまったことを申し訳なく思っているのか、ルイ様はコリン卿に何も言うことなくその身を庇っている。

「……とにかく、これで俺の呪いは解けたんだな？」

「見たらわかるだろ？　アンタはアタシの願いを叶えてくれたからね。だが、あれっぽっちじゃまだ全然足りないがね」

「いいからもう用がないなら消えろ」

「ふんっ！　これだから女付きの男は嫌なんだよ」

そう言い捨てるなり、魔女はパッと姿を消した。同時に真っ白な煙の中にいるようだった空間も、元の馬車の中に戻っていた。

いなくなった……。本当にこれでルイ様の呪いは解けたの？　もう自由になったの？

呆然としていると、ルイ様が私の手をギュッと握った。

「リリー。すぐに家に戻ろう。母と姉に言いたいことがたくさんあるんだ」

そう言ったルイ様は、やたら爽やかな顔で私を見つめてきた。

整った綺麗な顔立ちにエメラルドグリーンの輝く瞳。こんなにも近くでルイ様の顔を見たのは初めてだ。

……女性に人気で婚約のお話があとを絶たなかったって聞いていたけど、納得だわ。

そんなことを頭の片隅で考えてしまうくらいには、ルイ様に見惚《みと》れてしまっていたのかもしれない。彼に何も返事をしていなかったことで、再度名前を呼ばれてしまった。

「リリー？　どうした？」

「あっ……いえ。あの、ではこのままお屋敷に戻るのですね」

「ああ。早く母や姉を色々と問い詰めたい……が、いや。待てよ」

「？」

ルイ様は爽やかな顔から一転、急に眉をひそめて険しい顔になった。

「俺がリリーへの虐待について問い詰めたとして、あの二人がすぐに認めるか？」

う――んと悩むルイ様を見て、つい噴き出しそうになってしまった。

まあ。ルイ様ってば。もうすっかりあの二人のことを信用していないのね。

ほんの数日前までは聡明で優しいと思っていたはずの母と姉。それがたった一度本性を見ただけで、ここまで信用をなくしてしまうなんて。

「すぐには認めない可能性が高いですね。でも呪いで小動物になっていたことを伝えて、それで色々と目撃したことを打ち明ければ認めざるを得ないのでは？」

「それなんだが、もし話せなかったらどうする？」

「え？」

「俺の呪いは解けたが、呪いについて話せないあの現象はまだ続いているとしたら？」

「………………」

真剣な表情のルイ様としばらく見つめ合う。私の頭の中には、呪いのことを話そうとすると変な言語に変わってしまった場面が浮かんでいた。

そういえばそうだわ。私自身は呪いにかかっていなかったのに、その件は話せなかった。つまり、呪いが解けたルイ様でも話せない可能性があるんだわ。

「誰も魔女の呪いが人を動物に変えることだと知らなかった。ずっとただの行方不明だと言われていた。それは、やはりこの件を人に話せないからかもしれない」

「言われてみればそうですね」

ルイ様の頭の回転の速さに驚いていると、ルイ様の後ろからコリン卿がゆっくりと手を挙げて会話に入ってきた。

「あの……呪いや虐待ってなんの話ですか？　さっきの魔女はなんだったんですか？」

「あ」

思わずルイ様と声が揃《そろ》ってしまった。ハッキリとは口に出さないけれど、二人ともコリン卿の存在をすっかり忘れていたのだ。

そういえば、呪いが解けてすぐに魔女が出てきたからコリン卿には何も説明していない状態のままだったわ。

突然魔女が現れて、きっと私以上に驚いたことだろう。

「コリン。今から魔女の呪いや俺の家のことについてすべて話す。だから少し協力してくれ」

「協力？　何をするんですか？」

「いいから言うことを聞け」

「えぇぇ……!?」

お願いしているようで命令しているルイ様を、コリン卿は呆れた目で見ながらもすぐに「わかりましたよ」と承諾していた。

なんだかんだと信頼関係のありそうなその様子が微笑ましく感じる。

呪いのことだけじゃなくてご自分の家族のことまで話すなんて……態度は少し悪いけど、コリン卿を信頼しているのね。

ルイ様は床に座っていた状態から私の隣に座り、コリン卿と向かい合った。

そして、自分が魔女の呪いで姿を変えられていたこと、自分の正体に気づいた者としか話せなかったこと、そして私がこの家でどんな扱いを受けていたか……を淡々と話し始めた。

はじめは話についていくのに必死だったコリン卿も、話が終わる頃には眉間にシワを寄せて険しい顔になっていた。

「なんですか、それ……。リリー様がそんな扱いを受けていたなんて、許せないですね」

「俺はこの件で母や姉を問い詰めようと思っている。コリン。証人として一緒に来てくれ」

「わかりました！」

コリン卿はキッとルイ様に強い視線を向けたあと、私を見ながら笑顔でコクッと頷いた。まるで『任せてください』とでも言われているようだ。

「じゃあ、今から三人で団長の家に行きますか？」

「いや。今俺が行って問い詰めたとしても、あの二人はすぐにはそれを認めないだろう。だから決定的な瞬間を狙いたい」

「決定的な瞬間？」

「ああ。言い逃れができないような、そんな決定的な瞬間を」

ルイ様の考えを聞いてコリン卿が首を傾《かし》げる。

「別に認めなくても団長が『もう次からそんなことするなよ！』って言えばいいんじゃないんですか？」

「それじゃダメだ。あの二人は家から追い出す」

「ええっ⁉」

私とコリン卿の声が重なった。予想外の答えに思わず口をポカンと開けてしまう。

家から追い出す⁉　アルビーナ様とマーサ様を⁉

「アルビーナ様たちを追い出してどこに行かせるのですか？」

「うちの持っている領地の一つに、ここから五日ほどかかる場所がある。そこにある別邸に行かせる。……ここよりもだいぶ寒く不便な地域だが」

「家族を追い出すって、何もそこまで。団長がしっかり注意してやめさせればいいんじゃ……？」

「コリン」

「はっ、はい⁉」

鋭い目でギロッと睨みつけられて、コリン卿がビクーーッと肩を震わせた。

「俺は仕事で何日も家を空けることが多いんだ。そんなときにリリーが何かされたらどうする？」

「あ……」

「今回のように男を呼ばれる可能性もあるし、もうあの二人とリリーを同じ家に住まわせることはできない。それに、他にもあの二人を家から追い出さなきゃいけない理由があるからな」

「他の理由？」

私とコリン卿で声を揃えて尋ねたけれど、ルイ様はフッと意味深に笑って何も答えなかった。

あの二人を追い出さなきゃいけない他の理由？

教えてくれないってことは、あまり言いたくないことなのかしら。二人の本性を一度見ただけで一気に敵として認識したみたいって思っていたけど、それ以外にも二人を敵と認識する何かがあったのかもしれないわ。

そんなことを考えていると、ルイ様はコリン卿から隣にいる私に視線を移した。

今でもこのルイ様と目が合うだけで心臓がドキッと反応してしまう。

「屋敷にはリリー一人で戻らせよう。俺がいると姉たちの本性が見られないからな。俺とコリンはさっきの抜け道からこっそり中に入り、リリーは表玄関から家に戻る。そこで母と姉が本性を出したら俺が出ていく――というのはどうだ？」

「そんなに予定通りに行きますかねぇ？」

「どう思う？　リリー」

コリン卿の質問を無視して、ルイ様が私に尋ねてくる。

「そうですね……。きっとマーサ様はすごく怒っていると思うので、帰ったら私を屋根裏部屋へ連れていくと思います」

「あの部屋へ？」

「はい。マーサ様は、カールソンやグレンダ以外の使用人の前ではあまり本気で怒鳴ったりはしないんです。少しくらいはありますが……。なので、今回はきっと玄関ホールで何かを言われることはなくて屋根裏部屋に連れていかれるかと」

「なるほどな。じゃあ、俺たちは屋敷内に入ったらすぐに屋根裏へ向かえばいいんだな」

「はい。見つからずに行けそうですか？」

心配そうに聞く私に、ルイ様とコリン卿が揃ってニヤリと笑う。二人ともやけに得意げな顔だ。

「俺たちは騎士団の中でも特に耳がいいんだ。使用人の足音や動いている音を聞いて、見つからないよう動けるから大丈夫だ」

「そうなんですね」

ふふっ。得意げな様子が子どもみたいで可愛いわ。

まさか騎士らしくたくましい元の姿に戻ってからも、ルイ様のことが可愛く見えるとは思わなかった。もちろん本人には言えないけれど。

「俺が行くまでの間、リリーはまた母や姉から何かひどいことを言われたりされたりするかもしれない。……それでも大丈夫か？」

「はい。もちろんです！」

「できるだけすぐに助けに行くから」

「はい。ありがとうございます」

……少し不安はあるけど、ルイ様がいるんだもの。きっと大丈夫よね？

第七章　義母との最終決戦

「ふぅ……」

夕日が沈む前のまだ少し明るい時間。私はドロール公爵家の門の前で小さく深呼吸をした。

あれから結構時間は経《た》っているし、マーサ様が呼んだという男性ももう帰っているわよね？

念のため外から確認をしたけれど、見知らぬ馬車は停まっていなかった。

私がいなくなったことでマーサ様がどんな言い訳をしたのかはわからないけれど、きっとその男性に非難されて今頃すごく怒っているだろう。

会った瞬間に平手打ちされそうだわ……。

今、ここにルイ様はいない。私一人だ。三人で考えた作戦を実行するためには、私が一人でお屋敷に戻る必要があるのだ。

「もうルイ様たちはさっきの抜け道に入ったかしら？」

広い公爵家の敷地を歩いて回るのは大変なので、先ほど私は馬車で正門付近まで連れてきてもらった。ルイ様たちはまた馬車で裏側に回っている。

私が早く中に入ってしまうとタイミングが合わなくなってしまうため、ここで少し待っている状態なのだ。

う————ん。まだ早いかな。一人で待っていると時間がゆっくりに感じるわ。

「あっ!!」

「!?」

突然の声に振り返ると、正門の近くにメイドが立っているのが見えた。

驚いた様子でこちらを凝視しているのは、あのグレンダだ。

グレンダ！　どうしてこんな場所に彼女が!?　お屋敷からは見えないように、うまく草木に隠れていたのに！

庭師でもないメイドがこんな庭の端っこに来ることはない。きっと私を捜していたのだろうとピンときた。

「こんなところにいたんですね！　早く来てください！」

「……どこへ……」

「いいから！　早く！」

グレンダは走ってくるなり私の腕をガシッと掴《つか》んだ。

痛いと声が出そうになったくらいに強く、とても痛い。絶対に離さないという意思を感じる。

どうしよう……！　まさか外で見つかってしまうなんて。

でも、もし拒んだらグレンダにマーサ様を呼ばれて外に出てきてしまうかもしれないし、ここはおとなしく屋敷に戻ったほうがいいわね。

「まったくどこに行っていたんですか！　マーサ様も大奥様も非常に怒っていますからね！」

「……マーサ様が私に男性を用意しようとしたから逃げたのよ」

「だからなんですか？　素直に離婚に応じないからでしょう！」

「！」

同じ女性なのに、私に同情するどころか当然と言わんばかりのグレンダの態度に驚いてしまう。

使用人の中でもグレンダには特に嫌われていた。なぜここまで彼女に嫌われているのか、私には心当たりがなかった。

前からグレンダは私に冷たかったけど、まさか男性を用意することにも賛成されるなんて……。

グレンダとはやっぱりどうあってもわかり合えそうにないわね。

少しは彼女の良心に期待したものの、完全に諦めるしかない。

グレンダは庭にいた他の使用人に合図をしていたので、きっと先にマーサ様やアルビーナ様に私が見つかったことが伝えられているだろう。

予想通り、私が玄関ホールに着くとマーサ様が腕を組んで立っていた。

アルビーナ様は階段の上から見てるだけね……。やっぱりここではなく屋根裏部屋に連れていかれるのかしら？

私を見つけるなり、マーサ様はすぐ近くにまで寄ってきて小声で話しかけてきた。

「このグズ女。いったいどこに行っていたのよ」

「………………」

怒鳴られると思っていたのに、あまりに小さい声でコソコソと話すものだから驚いてしまった。

このくらいのセリフなら使用人の前でも普通に言っていたことだったから。

な……何？　こんなに静かに言い寄られるとは思わなかったわ。

まさかすぐ近くの小部屋にルイ様がいるって気づいているんじゃないわよね？

「まあ、いいわ。早く来なさい」

グレンダとは逆の腕を掴まれて、グイッと引っ張られる。アルビーナ様の立っている階段を上がっていくので、やはり屋根裏部屋へ向かうのだろう。

ルイ様やコリン卿《きょう》はもうあの小部屋にいるのかしら？　私が階段を上がっている音、聞こえてる？

そんなことを考えているうちに二階に着いた。

屋根裏部屋に行くためにはさらに階段を上がらないといけないのだけど、なぜかマーサ様はスタスタとそのまま二階の廊下を歩き出す。

アルビーナ様は私たちのあとを追ってくる気配はなく、こちらをジッと見ているだけだ。その口元が意味深に笑っていることが不安を誘う。

えっ？　屋根裏部屋へ行くんじゃないの？　どうしてこっちに……。

マーサ様が立ち止まったのは、ルイ様が帰ってきたときにだけ使用する私の部屋の前だった。

誰もいるはずのないその部屋の扉をノックしたマーサ様は、開けながら甲高い声を上げた。

「お待たせしました～。ダリム様」

ダリム様？　え？　だ、誰？

扉が開いて部屋の中が見えた瞬間、そこに人が立っているのがわかった。小太りで髪の毛が薄く、背のあまり高くない男性が――。

まさか……まさか……！

マーサ様が呼び出したと言っていた子爵子息の特徴と同じだ。もうあれから何時間も経っているし、馬車もなかったのですでに帰ったと思い込んでいた。

まさか、私が逃げていなくなったにもかかわらずずっとこの部屋で待っていたというの⁉

「マーサ様……っ」

そう言って掴まれている腕を振り解《ほど》こうとしたけれど、それを察したマーサ様に強くギュッと握られてしまった。子爵子息には聞こえないような小さな声で、ボソッと囁《ささや》かれる。

「もう逃がさないわ」

「‼」

真顔で私を見据えるマーサ様にビクッと怯《おび》えてしまった瞬間、ドンッと強く体を押され、私は部屋の床に倒れてしまった。急いで顔を上げたときには、ニヤリと怪しい笑みを浮かべたマーサ様が扉を閉めるところだった。

「待って！」

バタン！

無慈悲に扉は閉められ、私は見知らぬ子爵子息と二人きりにされてしまった。

背後から「はぁ――……はぁ――……」という大きな息遣いが聞こえ、慌てて振り返る。恐怖から足に力が入らず、すぐに立ち上がることができない。

「ま……待ったよ。リリー様……」

なぜか激しい息遣いに紅潮している顔。ニヤニヤと笑いながら私を見ているダリム様を見て、心の底から震え上がる。

こ、怖い……っ！

「どこに行っていたの……？　僕、ずっと待ってたんだよ。リリー様が僕に会いたいって言うから……」

「あの、ダリム様！　それは誤解なのです！　私はそんなことを言ったことはなくて――」

「大丈夫だよ。お姉さんから聞いてるから。君は恥ずかしがり屋だから、きっとそう言うだろうって。お姉さんが」

「！」

マーサ様！　そこまでして、本当に私とこの男性を⁉

激しい怒りが湧いてくるが、今はそれ以上に恐怖が勝っている。

ルイ様やコリン卿は私が屋根裏部屋にいると思い、そっちに行ってしまっているはずだ。

この部屋の前にはきっとマーサ様やグレンダが立っているだろう。私が万が一にも逃げた場合に捕まえられるように。

そんな場所に、ルイ様がやってくるとは思えない。

もし私が屋根裏部屋ではなくこの部屋にいると気づいても、ただ私がここに閉じ込められただけだと思って様子を見る可能性が高いわ……。

ルイ様もきっと男性は帰ったと思っているはずだ。まさか私と男性が二人でここにいるとは思わないだろう。

マーサ様が部屋の中に入ってくるまでは、ルイ様も入ってこないはず……！

義姉の目的は、私が不倫をしたという事実を作りルイ様と離婚させることだ。

そんなこと、絶対にさせないわ！

そう心で強く思っても、相手は一〇以上も年上の男性だ。力で勝てるはずがない。身分は私のほうが上だけど、私が何を言っても照れているだけだと思い込んでいて話にならない。

自分でなんとかして逃げないと！

震える足で立ち上がり扉を開けようとしたけれど、誰かに押さえられているのか開かない。

ガチャガチャ！　という音だけが静かな部屋に響く。

「……なんで外に出ようとしてるの？」

「ダリム様！　先ほども言いましたが、私があなたを呼んだというのは間違いなのです！　私には夫がいますし、早く外に出なければあなたも誤解されてしまいます」

「もういいよ。そういうのは……。僕はずっと待ってて疲れたし、いい加減に認めたほうがいいと思うよ」

「！」

やっぱり信じてくれないわ！

ダリム様は指や足をモジモジと動かしていてどこか落ち着かない様子だ。あまり人と関わることがないのか、目が合ってもフイッとそらされてしまう。

それなのに時々ニヤ～と不気味な笑みを浮かべてこちらをチラチラと見てきたりする。

ゾクッ
話が通じないこともあり、その不審な動きが私の恐怖心を大きくしていく。

どうしよう……。窓から逃げるにしてもここは二階だし、落ちたらただじゃ済まないわ。

「さあ、早く僕たちの愛について話そうよ……」

そう言って、ダリム様はチラッとベッドに視線を送った。ニヤニヤと笑っているその顔を見て、ゾ――ッと背筋が凍りつく。

「……話しません。私が愛しているのは夫だけですから」

「またそんなことを……。いくら僕でも、何度も言われたら怒るよ？」

少しだけ目つきの変わったダリム様がゆっくりと近づいてくる。もし腕でも掴まれたなら、きっと私の力では振りほどけないだろう。

……ここでマーサ様やこの方の思い通りになるくらいなら、二階から落ちたほうがマシだわ！

「ほら。もうそろそろ自分に素直になって……」

ソロソロと一歩ずつ近づいてくるダリム様にバレないよう、ドレスの中でこっそりと靴を脱いだ。ヒールのある靴を履いていては思うように動けない。

私はダリム様から視線を外さないまま、その奥にあるバルコニーを見た。

暑かったのか、バルコニーに出るための大きな窓は開いている。

「リリー様……」

そう言ってダリム様の手が私に向かって伸びてきた瞬間、私はそれを避けて走り出した。

「ごめんなさいっ！」

「あっ⁉　リリー様っ⁉」

驚いた様子のダリム様は呆然《ぼうぜん》と私を見ているようで追ってきている気配はない。

あまり運動が得意そうには見えなかったので一度かわしてしまえばすぐには追いつかれないだろうと思っていたけれど、実際その通りだったようだ。

これならドレスで手すりをまたぐ時間もありそうね！

バルコニーに出た私は、すぐにドレスのスカートを捲《まく》り上げて手すりの向こう側に乗り出した。

こちら側にいなければ、捕まって無理やり引かれてしまう恐れがあるからだ。

足の半分以上が床についているとはいえ、この手すりに掴まっている手が離れたならバランスを崩して後ろに落下してしまうだろう。

「リリー様⁉　あ、危ないですよ！　何を……⁉」

「こっちに来ないでください！　来たらここから飛び降ります！」

「なっ……⁉　あ、危ないから、早く……早くこっちに……」

「来ないでください！」

私の必死の訴えも伝わっていないのか、恐る恐る近づいてくるダリム様。このまま彼が私のすぐ近くにまで来てしまったら、本当に飛び降りるしかないかもしれない。

お願い、来ないで！　もしものときは……ごめんなさい、ルイ様っ……!!

心の中でルイ様の名前を呼んだとき、部屋の外からマーサ様の叫び声が聞こえてきた。

「ルイ!?　なんで!?　どうしてここに!?」

……えっ？

『ルイ』という名を聞いて、ダリム様が足を止めて扉を振り返った。私の旦那様がこの国の英雄騎士ルイ様だということはご存じらしい。赤かった顔色が真っ青になっている。

「無事だったのね!?　よかったわ！」

「……ここで何をしているんだ？」

「あっ。あのね、実はリリーがあなたが行方不明だと知ってからその……他の男性を呼ぶようになったから、私はそれを止めようと思って……」

耳をすませて聞いていると、どうやらマーサ様が私の不倫の事実を話しているようだった。悲しそうな声を出していてまるで自分が被害者のような口ぶりだ。

「ここにリリーと他の男が？」

「そうよ。リリーったら本当にひど――」

バキッ！！！

ものすごい破壊音に、マーサ様の声も止まる。

薄暗かった部屋に灯《あか》りが漏れていることから、ルイ様が扉を開け……いえ、破壊したというのが瞬時にわかった。バキバキに壊された扉の隙間から、ルイ様と少し上がった足が見える。どうやら部屋の扉を蹴り壊したらしい。

「ルッ、ルイ⁉　あなた、いったい何して……」

ルイ様の背後には慌てふためくマーサ様の姿と呆《あき》れ顔のコリン卿が見える。

当のルイ様は怖いくらいに目が据わっていて、正直言うと英雄騎士というよりも暗殺者のようだ。ジロッとひと睨《にら》みされただけのダリム様は「ひぃっ」と小さな悲鳴を上げながら尻もちをついていた。

「ルイ様……」

部屋に入ってきたルイ様は、ダリム様に目もくれず真《ま》っ直《す》ぐにこちらに向かって歩いてきた。真顔のままで怒っているようなオーラを感じる。

そのすぐ後ろから部屋に入ってきたマーサ様は、ニヤニヤと半笑いで私を見ていた。きっと不倫の現場を目撃された状況だと思って喜んでいるのだろう。

……その作戦をルイ様に聞かれていたとも知らずに。

「あの、ルイさ…………きゃあっ!!」

目の前に立ったルイ様は、黙ったまま私を肩に担ぎ上げた。まるで赤子を抱っこするかのように軽々と持ち上げられて驚いてしまう。

えっ、な、何⁉

ルイ様が一言も話さないので、彼がどんな気持ちでいるのかわからない。

ひしひしと怒りが漏れている気がするけれど、私を支えている大きな手は大事なものを持っているかのように優しく丁寧に感じる。

「ルイ？　リリーをどこに連れていく気？　このまま追い出すの？」

優しい姉を演じているマーサ様は、緩んでいる口元を隠しながら悲しそうに問いかけた。

ルイ様はそんなマーサ様を無視してコリン卿に顔を向ける。

「コリン。この男を今すぐに家から追い出せ。……しっかりと誤解は解いておけよ」

「はい。団長！」

ビシッと姿勢を伸ばしたコリン卿と床に座ったままのダリム様の横を通り過ぎ、「ルイ！」と声をかけているマーサ様を無視し、ルイ様は私を抱えたまま部屋を出た。

「あの……ルイ様……」

「………」

マーサ様を無視して廊下に出たあと、ルイ様はどこかを目指してスタスタと歩いている。声をかけたけれど何も返事がない。肩に担がれている状態の私はルイ様の後頭部しか見えないため、どんな顔をしているのかわからない。

……私の作戦が外れてしまったから怒っているのかしら。マーサ様にも姿を見せてしまったし、今もルイ様の手を煩わせて……。

自分の情けなさに申し訳なくなるけれど、この状態でどうしていいのかもわからない。

ただおとなしくしていると、ルイ様はある部屋の前で立ち止まった。結婚してから一度も入ったことのないルイ様の部屋だ。

ここは……。

ルイ様は迷う素振りもなくその部屋の扉を開けた。見てはいけない部屋に入ってしまったような気持ちで、目を閉じたほうがいいのか考えてしまう。

どうしましょう……！　私、ルイ様の部屋に入ってもいいの!?

そんな私の戸惑いに気づいているのかいないのか、部屋に入るなりルイ様は私を優しく下ろした。部屋を見るのもルイ様の顔を見るのも躊躇《ためら》われてうつむいていると、ずっと黙っていた彼がやっと口を開いた。

「なぜあんな場所にいた？」

え……？

怒っているような低くて小さい声。屋根裏部屋ではなく自分の部屋にいたことを言われているのだと思い、頭を下げたまま謝罪をする。

「すみません！　まさかあの部屋に行くとは思っていなくて！　私の考えが甘く――」

「そうじゃない。なぜあんなバルコニーの柵の向こう側にいたんだ、と聞いているんだ」

「えっ？」

意外な質問に、思わず顔を上げてしまった。

バルコニーの柵の向こう側？

ルイ様が私の部屋に入ってきたとき、自分がどんな状況だったのかを思い出す。

眉根を寄せて私を見つめるルイ様の顔は怖いけれど、どこか悲しそうにも見えた。

「それは……ダリム様に捕まるくらいなら……と、あの場所に逃げました」

「もし足を滑らせたら落ちていたんだぞ？」

「……はい。それは覚悟の上でした」

「…………」

私の答えを聞いて、ルイ様は自分のサラサラな前髪をかき上げて大きなため息をついた。

「はぁ……なんとか間に合ってよかった。もしリリーがあそこから落ちていたら、俺は人殺しとして捕まるところだった」

「そんな！　もし私が落ちても、それはルイ様のせいではないですよ！」

「違う。もしリリーが落ちていたら、その原因を作ったあの男と姉を二階から突き落としていたからだ」

え⁉

ギョッとした私の顔を見て、ずっと不機嫌そうだったルイ様がフッと鼻で笑った。

「英雄騎士が子爵家のご子息と姉をバルコニーから落とした――と新聞の一面に載っていただろう。リリーが無事だったからそんなことにはならずに済んだけどな」

「……冗談ですよね？」

「本気だが？　だからリリー、もう二度とあんな危ないことはするな。リリーに何かあったら、きっと俺は相手が誰でも許せない。騎士の称号がなくなるとしても、気にせず暴れてしまうだろう」

「ルイ様……」

あのルイ様にここまで言ってもらえて、嬉《うれ》しさで泣きそうになる。感動している私の前で、ルイ様は部屋にあった椅子を軽々と持ち上げるとそれをブンッと振り回した。

「あんなことするくらいなら、こうやって男の頭を狙って思いっきり殴れ！」

「……死んでしまいますよ」

「リリーが死ぬよりはいいだろ」

「…………」

真顔でキッパリと言いきるルイ様。冗談なのか本気なのかわからないけれど、その曇りのない瞳を見る限り本気で言っている気がする。

まったく……優しいのか怖いのかわからないわね。

それでも私のことを思って言ってくれているのは素直に嬉しい。彼にお礼を伝えようとしたとき、部屋の外からバタバタとした足音と数人の声が聞こえてきた。

「本当にルイだったの!?」

「ええ。お母様。私見たもの！　リリーを抱えて出ていってしまったの！」

「他に何か話は!?」

「何も……！」

アルビーナ様とマーサ様の声だ。足音はもっとたくさん聞こえるので、他にも使用人が一緒なのかもしれない。行方不明だと聞いていた息子が帰ってきたことで興奮しているのか、アルビーナ様はノックもせずにルイ様の部屋の扉を開けた。

「ルイ!!　……まあ！　本当に帰ってきたのね！」

ルイ様を見て顔を輝かせるアルビーナ様と、歓声を上げる数人の使用人たち。一度ルイ様の姿を確認しているマーサ様とグレンダは、私をチラッと冷たい目で一瞥《いちべつ》するなり彼のもとに駆け寄っていた。

「ルイ！　心配したのよ。あなた、どこに行っていたの？」

「……○▲%★□」

「え？　なんですって？」

ルイ様の言葉を聞き取れなかったアルビーナ様は、不思議そうに首を傾《かし》げて聞き返している。

マーサ様も使用人たちもみんな顔を顰《しか》めていた。

今の言葉は……！　やっぱり呪いにかかっていたことは話せないんだわ！

まずそれを話せるのか試したのだろう。その説明ができるのならば、自分がアルビーナ様たちの言動をすべて見てきたことを言えるのだから。

でもやっぱり話せなかった……。アルビーナ様たちに姿を見せてしまったから、私をいたぶる決定的瞬間に出てくるという作戦ももう使えないし。

ルイ様はどうするのかしら……？

チラリとルイ様に視線を送ってみると、ものすごく冷めた目で自分の母を見ていた。

変な言語を話したきり黙っているルイ様に痺《しび》れを切らしたのか、マーサ様が近くに立っている私を振り返る。

「ルイはどうしたの？　あなたと離婚するって？」

「え？」

「さっき他の男性と一緒にいるところを見られたじゃない？　何を言われたの？」

「…………」

ルイ様の前なので、口調も穏やかでやけに心配そうな表情で話しかけてくるマーサ様に鳥肌が立ちそうになった。それでもニヤけそうになっているその緩い口元は隠せていない。

完全にルイ様が私に怒ってここに連れてきたと思っているみたいね……。

さて。なんて答えようかしら。

マーサ様への返答に困っていると、ルイ様が低い声を出した。

「離婚はしない」

そのハッキリとした言葉に全員の視線がルイ様に集中する。

「離婚しないの？　あなたのいない隙に男性を部屋に呼んでいたのよ？」

「しない」

「……女性避《よ》けのために『妻』という存在が必要なのね？」

マーサ様は、ルイ様が私と離婚しないのは形だけでも『妻』が必要だからだと思っているらしい。まぁ私たちがお互いの誤解を解いて仲良くなっているなんて知らないのだから、無理もないでしょうけど。

そのとき、同じ考えらしいアルビーナ様が話に入ってきた。

「あなたのその気持ちはわかるわ。でも、不倫はさすがに容認できない。ルイの妻として失格よ」

「そうよ、ルイ！　ここまであなたをバカにされたら、いくら私やお母様だってもうリリーを許せないわ」

「リリーとは離婚しましょう。安心してね、ルイ。またしつこく結婚のお話がこないように、今度はもっと静かで従順な子を妻にしましょう」

「！」

そのセリフと同時にこちらを見たアルビーナ様とマーサ様が、小さくニヤッと笑った。

私よりももっと従順な人を新しい妻にさせる？

今回、私は初めて義母たちに反抗した。もしまたこのようにルイ様に何かあったとき、私のような反抗する嫁はいらないのだろう。

だからルイ様が見つかったというのにまだ私たちを離婚させようとしているのだ。

もう私は不要ってことなのね……。

「さあ。そうとなったらすぐに離婚してしまいましょう。ルイも早くこの家から出ていってもらいたいでしょう？」

マーサ様がルイ様の腕にそっと手を触れながらそう話しかけると、ルイ様はバッと勢いよくその手を振り払った。

「ル、ルイ？」

「ああ。すぐにでもこの家から出ていってもらいたい」

「！　そうよねっ？」

「ただし……出ていくのはリリーじゃない」

「え？」

キョトンとするマーサ様。同じく目を丸くしているアルビーナ様や使用人たちを睨みつけるように見渡したあと、ルイ様は低く感情のない声でハッキリと告げた。

「出ていくのはリリー以外の者、全員だ」

「………………」

一気に部屋が静まり返る。

言っていることが理解できないような顔でポカンとしている者、なぜか私とルイ様を交互に見ている者、自分だけは対象ではないかのように周りの人の反応を見ている者と様々だ。

そんな中、アルビーナ様が一番最初に口を開いた。

「リリー以外の者全員って……使用人を追い出すと言うの？」

「はい。もちろんあなたもです」

「なっ……!?」

まさしく自分だけは違うと思っていたらしい。アルビーナ様は心底驚いた顔でルイ様の腕を掴んだ。

「何を言っているの？　私をこの家から追い出すですって？」

「はい」

「リリーではなく私を？」

「はい」

「ルイ……あなた、いったい何を言って……」

放心状態のアルビーナ様はジ――ッとルイ様を見つめた。まるでこれは偽者なのではないかと疑っているように見える。

同じく放心していたマーサ様が、ハッと我に返ったように慌て出した。

「ルイ！　いったいどうしちゃったの⁉　突然みんなを追い出すなんて！　出ていくのは私たちじゃなくてリリーでしょ？」

「ルイ様！　我々も突然出ていけと言われましても納得ができません！」

マーサ様に便乗して使用人たちも一斉に不満を言い出した。ギャーギャーと騒がしい中、私は何も言うことができずに成り行きを見守っているだけだ。

みんなものすごく混乱しているわ……！　それはそうよね。突然家から追い出すって言われたんだもの。

ルイ様ってばまさか使用人までも全員追い出そうとするなんて聞いていないわ。

小動物になっていた間、食事を出してもらえないことや食事の内容にかなり怒っていた姿を思い出す。

元に戻ったら料理長に文句を言うって言っていたけど、まさか追い出すなんて。しかも他の使用人たちまで。

みんなから批判されている中、ルイ様は何も動じていないかのように無表情を貫いていたけれど、何かを言う決心をしたのか突然ニヤッと嫌な笑みを浮かべた。

そのダークすぎる笑顔に、彼の周りにいた人たちが一瞬で黙り込む。

「納得ができない？　理由はしっかりあるぞ。俺の妻を虐げていたから――だ」

「!!」

ルイ様の一言に、アルビーナ様やマーサ様、そして使用人たちが驚愕《きょうがく》した表情で固まった。何人かは私に怯えるような視線を送ってきている。

「……リリーを虐げていたですって？　誰がそんなことを？」

すぐに真顔に戻ったアルビーナ様は、背筋を伸ばして堂々とした態度でルイ様に聞き返した。

その威厳のある姿を見たなら、誰もがこの方がそんなことをするはずがないと思うだろう。

やっぱりすぐには認めないわよね……。

義母の態度に負けじと、ルイ様も強気な態度を崩さず聞き返した。

「誰が？　ここにいる全員……だろ？」

「リリーは虐げられていたのではなく、使用人を虐げていたのよ？　あなたにも何度も話したはずよ。そうでしょ？」

アルビーナ様にそう問いかけられた使用人たちは、みんなこぞって頷《うなず》いている。

まあ……本当にみんなで私を悪女に仕立てていたのね。

わかっていたこととはいえ、こうして目の前で堂々と裏切られているところを見たら軽くショックを受けるというものだ。

ルイ様は少しムッとしたような顔をして、アルビーナ様に答える。

「そうだな。たしかに俺はそう聞いていた。リリーは贅沢《ぜいたく》三昧な日々を過ごし、使用人を虐げていると」

「その通りよ」

アルビーナ様の言葉に、マーサ様もグレンダも他の使用人全員もさらに深く頷いている。

その様子を見たルイ様はさらに不快そうに顔を歪《ゆが》めていたけれど、なんとか冷静に話を続けた。

「そうか。屋根裏部屋に暮らし、ドレスも宝石も与えられず、ボロボロの服で掃除や雑用をやり、腐りかけの食事を与えられる……これが贅沢三昧な生活というなんて知らなかったよ」

「!?」

「食事を何食も抜かれて、公爵夫人だというのにメイドにバカにした態度を取られ、義理の母や姉からは罵倒や暴力を振るわれる日々……これがリリーの本当の日常だ。……何か間違っているか？」

ルイ様からの質問に、誰も答えることができない。みんな顔面蒼白《そうはく》になってルイ様を見上げている。

マーサ様やグレンダは、「あんたが話したの⁉」というような訴える目で私を見てきた。

うう……怖いわ……。でもここで引いてはダメよ！

いつものクセでうつむきそうになってしまったけれど、グッと口を閉じてマーサ様たちを睨み返す。

ルイ様に事実を言われたアルビーナ様は、慌てるどころか冷静に反論した。マーサ様のように感情をそのまま顔に出さないところはさすがだと思ってしまう。

「あなたはそんな嘘《うそ》を信じているの？　誰に聞いたのか知らないけれど、私やマーサが話したことがすべて事実よ」

誰に聞いたのか――という言葉のときに、アルビーナ様がチラリと横目で私を見た。

「悪いが、もうあなたたちの言うことは信じられない」

「……どうして？　私たちよりもリリーを信じるというの？」

「そうだ」

「！」

慈悲なくキッパリと言いきるルイ様の態度を見て、とうとうアルビーナ様がその手を怒りで震わせた。眉間にシワを寄せてルイ様を責めるように見上げている。

「……なぜ？　あなたはリリーとまともに話したこともないじゃない」

「リリーは俺の妻だ。妻を信じて何が悪い？」

「妻ですって？　……ハッ。何を言うのかと思ったら……」

アルビーナ様は噴き出すように笑うと、軽蔑した目を私に向けてきた。

「妻と言ってもただの形だけの妻じゃない。一緒に食事をしたことも、一緒に出かけたこともないのに何を言っているの？」

「形だけの妻じゃない」

そう言うなり、ルイ様は目の前にやってきて私を抱き上げた。バランスを崩しそうになり「きゃっ」と小さな悲鳴を上げながら慌てて彼の首にしがみつく。そんな私を大きな手で支えると、ルイ様は言葉を続けた。

「俺はリリーを愛しているからな」

え!?

驚いてルイ様を見下ろすと、こちらを見ていた綺麗《きれい》な瞳と目が合った。カァッと体温が一気に上がったような気がする。

「ルイ、何をふざけたことを!?」

この発言にはさすがのアルビーナ様も驚いたらしく、顔を引き攣《つ》らせながら私とルイ様を交互に見た。近くに立っているマーサ様やグレンダたちは、驚きすぎて声も出せないらしい。大きく口を開けたまま呆然としている。

アルビーナ様の標的がルイ様から私に変わった。

「リリー。あなたはルイに対してそんな感情は持っていないわよね？」

落ち着いているようでいて圧のあるその質問に、どう答えていいのか迷った。マーサ様やグレンダは私の答えを聞こうと前のめりになってこちらをジッと睨んでいる。

私は……。

ルイ様はどこか期待のこもった瞳で私を見つめてきた。この瞳と目が合うだけでドキドキと落ち着かなくなる鼓動が、すべてを物語っている。

「私も……ルイ様のことをお慕いしています」

「！」

一瞬ルイ様の顔がパァッと輝いたように見え、私を抱き上げている腕にギュッと力が入った気がした。

「な……んですって!?　あなたたち、いつからそんな……!?」

「嘘に決まっていますわ、お母様！　ルイがリリーを愛してるだなんて、そんなはず……！」

騒ぎ出したアルビーナ様とマーサ様を見たルイ様が、私にだけ聞こえるように耳元で小さく囁いた。

「リリー、ごめんな」

「え？　……んっ!?」

突然唇に感じた温かく柔らかな感触。

それがルイ様にキスされているのだと気づいた瞬間、マーサ様とグレンダの悲鳴のような叫びが部屋に響き渡った。

「きゃ――!!　ルイ!!」

「ルイ様！　そんなっ……!!」

ざわざわと騒がしい部屋の中で、ひときわ大きく響くマーサ様とグレンダの叫び声。

そんな大声が気にならないほど、私の頭の中は真っ白になっていた。

………え？　私、今……ルイ様にキスされてる？

そう自分で考えたときには、その唇は離されてルイ様のエメラルドグリーンの瞳と見つめ合っていた。呆然としている間に私は下ろされ、体を強く抱き寄せられる。

「これで信じるか？」

「ル……！　どう、して……」

マーサ様たちは驚きすぎてショックを受けたのか、あまり言葉が出てこないようだった。

チラリとそちらに視線を送ると、ものすごい形相で私を睨みつけるグレンダと目が合った。何度も彼女から睨まれたことがあるけれど、ここまで憎しみのこもった目で見られたのは初めてかもしれない。

そのとき、なぜ彼女が最初からずっと私に冷たかったかの理由がわかった気がした。

グレンダ……もしかして、ルイ様のことが好きだったんじゃ……。

目に涙を溜《た》めながら睨みつけてくるグレンダに、少しだけ同情してしまう。いくら形だけの妻だったとはいえ、好きな相手の妻の下で働くのはどれだけつらかったか。

「とにかく、俺はリリーとは離婚しない。今までリリーを虐げていた者はこの家から出ていってもらう」

「ちょっと待ってよ!!　まだ私たちがリリーを虐げていたなんて証拠はないじゃない！　ルイはリリーに騙《だま》されてるのよ！　大袈裟《おおげさ》に言われただけよ！」

本気で追い出されると思ったマーサ様は、予想通り私に対する虐待を否定し始めた。

ルイ様は冷めた目つきでマーサ様をジロッと見下ろしたあと、意味深にニヤリと笑った。

「リリーに言われたから疑っているんじゃない。俺自身が見ていたんだよ。この家の者がリリーを虐げている姿をな」

「はぁ!?　どうやって!?」

呪いで小動物になったことは言えないはずなのに、ルイ様ってば何を!?

ルイ様は一瞬チラリと私を見たあと、少年がイタズラをしたときのようなやけに得意げな顔でハッキリ答えた。

「幽霊になって見ていたんだ」

「えっ!?」

「俺は行方不明になっている間、姿が見えなくなっていただけでこの家の中にいたんだ。だから全部見ていた」

えええ!?　幽霊!?　なんでそんな大嘘を!?

ルイ様は人を小馬鹿にするような笑みを浮かべながら、ポカンとするアルビーナ様たちを見ている。大嘘をついているとは思えないほど堂々とした態度だ。

でも、待って。突然何を言い出すのかと思ったけど、よく考えれば目撃していたときのルイ様の姿はそれほど関係ないのかも……。

　大事なのはルイ様自身が目撃していたということであり、それが小動物だろうが幽霊だろうがどちらでもいいのだ。

　そっか！　幽霊だったと嘘をつけば、魔女の呪いとは関係ないから変な言葉に変換されないいんだわ！　最初は何を言っているのかと思ったけど……ルイ様、意外と考えてる？

　とはいえ幽霊だったなんて話をそう簡単には信じられるはずがない。

　予想通り、マーサ様もアルビーナ様も同情するような視線をルイ様に送っている。

「そんな話を信じろというの？」

「俺が幽霊になっていたという証拠はない。……だが、俺が見たものなら全部話せる」

「見たもの？」

　ルイ様はマーサ様の質問に答えるべく、何かを思い出すように斜め上を見てポツポツと話し出した。

「俺の母がリリーをグズ女呼ばわりし、熱い紅茶の入ったティーカップを投げつけ割れた破片で怪我《けが》をさせたこと」

「!!」

「俺の姉は自分で自分の指輪をリリーの部屋に隠し、盗人《ぬすっと》に仕立て上げようとしたこと。さらには子爵子息を騙して家に呼びつけ、リリーと関係を持たせようとしたこと」

「なっ……!?」

「それから固くなったパンや具のないスープしか出さなかった料理長に、腐って焦がしたクッキーを食べさせようとしたメイド。そしてそれを知っていて何もしなかった使用人たち……」

「……っ⁉」

ルイ様が言葉にするたび、アルビーナ様やマーサ様、そしてグレンダがビクッと肩を震わせた。もちろん料理長や心当たりのある使用人たちもだ。

なんでそんなことまで知っているの⁉　という顔でルイ様を見ている。

「それぞれがどんな言葉をリリーに投げかけたのかも知っているぞ。全部この耳で聞いたからな」

ついさっきまでは誰も信じていなかったルイ様の幽霊だった説を、今ではみんな信じたようだ。まるで今目の前にいるルイ様も幽霊なのでは……と疑っているような、怯えた空気が漂っている。グレンダはガタガタと震えていて今にも泣きそうだ。

使用人の中でグレンダだけ名指しされてしまったようなものだもの……。きっととてもショックだったでしょうね。

好きな相手に自分の醜い行動を見られていたとなったなら、ショックも大きいだろう。けれど自業自得でもあるので、それだけで彼女のこれまでの言動をすべて許すことはできない。

そんなグレンダの様子に気を取られていると、ルイ様がさらに追い討ちをかけるようにアルビーナ様と向き合った。

「それから、あなたと姉さんがなぜ俺とリリーを離婚させたがっているのか……その本当の理由も知っている」

ルイ様の言葉に、アルビーナ様とマーサ様がピクッと顔を引き攣らせた。その反応を見る限り、何か心当たりがあるのだろう。

本当の理由？　補償金を渡したくなかったからではないの？

何も知らない私は、他の使用人同様ポカンとルイ様たちを見つめた。

顔面蒼白になっている執事のカールソンだけは、何か知っているのかもしれない。ガタガタと手を震わせながら、心配そうにアルビーナ様を見守っている。

「……本当の理由、ですって？」

「ああ。このドロール公爵家の当主になること――だろ？」

「！」

長男であるルイ様が当主になっているのに、その座を狙っていたですって？

目を見開いて真っ青になったマーサ様と違い、アルビーナ様は目を少し細めただけだ。動揺をあまり顔に出さないその姿勢には素直にすごいと思ってしまう。

「なんのことかしら？」

アルビーナ様が冷静に聞き返す。

そう返ってくるとわかっていたのか、ルイ様も表情を崩すことなく話を続けた。

「とぼけるつもりか？　俺は話を聞いていたと言っただろう？」

「……なんの話を聞いていたの？」

「そうだな。まずは姉さんが、王宮からの補償金をもらえるって喜んでいたこと。それから、父が死んでもあなたが当主になれなかったことを悔やんでいたこと。俺が行方不明になったのが相当嬉しかったようだな」

「な……っ⁉」

マーサ様が口元を両手で覆い、険しい顔でルイ様を凝視する。

その視線を無視して、ルイ様はアルビーナ様から目を離さずにいた。まるで逃げ出さないか見張っているようだ。

「あなたが言っていた言葉も覚えているぞ。『まさかあの人が遺言書を残しているなんてね。病気だと知っていたから再婚したけど、事故死したおかげで予想よりも早くこの家の当主になれたと思ったのに』……だったかな？」

「……っ」

「よく覚えているだろう？　初めて見たあなたたちの本当の姿が衝撃的で、しばらく頭から離れなかったからな」

ルイ様の言っていることは本当らしく、二人とも何も言えずに固まっている。

なんてひどいことを……！　亡くなった自分の旦那様のことを、そんな風に言うなんて。

しかも、最初からこの家目的で再婚を⁉　……って、再婚⁉　え？　アルビーナ様とルイ様って本当の親子ではなかったの⁉

驚きがそのまま顔に出てしまっていたらしい。私をチラッと見たルイ様が、少しだけ申し訳なさそうに謝ってきた。

「リリーは知らなかったのか。俺は二人とは血が繋《つな》がっていないんだ」

「そうだったのですね」

道理でルイ様とマーサ様が似ていないわけだわ。見たことのない公爵様に似ているのかと思っていたけど違ったのね。

あ。じゃあ、ルイ様とアルビーナ様の髪色が同じなのはただの偶然？　二人とも綺麗な顔立ちだから似ていると思っていたのに……それは言わないほうがよさそうね。

本当の親子ではないと知って衝撃ではあったけれど、妙に納得してしまった。

だからルイ様が行方不明になったあと、すぐにお金やこの家の心配をしたのね……。

私だけでなく、ルイ様や前当主の公爵様のことまで利用していたのかと思うと怒りが湧いてくる。この人たちはどこまで最低なのかしら。

カールソン以外の使用人たちは、現状に戸惑っているのか疑わしい目をアルビーナ様に向けている。

そんな周りからの視線に気づき、本当に追い出されることを視野に入れてきたらしい。アルビーナ様が静かにルイ様に問いかけた。

「……私たちをどこに追い出すつもり？」

「ブルストル領地にある別邸だ」

「なんですって!?　あそこはお爺《じい》様が狩りの時期にだけ利用していたところよ!?　人がずっと住

み続ける場所ではないわ！」

「使用人とみんなで一緒に行くんだ。なんとかなるだろ」

「なるわけないでしょう⁉」

慈悲のカケラもないルイ様のあっさりとした返答に、アルビーナ様がキッと強く言い返す。

使用人たちは『えっ？　私たちも⁉』という怯えた顔でアルビーナ様とルイ様を交互に見ていた。

使用人が仕事を辞めたあと、次も優良な職場で働くには前雇い主の紹介状が必要だ。

怒っているルイ様にはもちろん紹介状を書いてもらえるわけがないし、過酷な地域に行かされそうになっているアルビーナ様やマーサ様に『自分は行きたくないので辞めさせてください』なんて言えるはずもないだろう。

何人か私をチラチラと見ている人がいるけど……私もずっと助けてもらえなかったんだもの。何もしてあげられないわ。

少しだけ痛む胸を押さえてフイッと顔をそらす。

そのとき、静かにアルビーナ様とルイ様のやり取りを聞いていたマーサ様が二人の会話に入っていった。

「もし言うことを聞けないと言ったらどうするの？」

「そうだな。……この家で行われていたことを新聞社に売る」

「はああ⁉　なっ、なんで⁉」

「どうせ社交界でもリリーの悪い噂《うわさ》を流していたんだろう？　その誤解を解くためにも、真実を打ち明ける」

「そんなっ、やめてよ！　それに、そんなことをしたらルイのイメージも悪くなっちゃうわよ!?」

「別にかまわない。この家で起きていることに気づけなかったのは、間違いなく俺の失態だからな」

「そんな……っ」

「選択肢は三つだ。社交界に悪事をバラした状態で、意地でもここに住み続ける」

ルイ様は指を一本立てながら言った。

「ブルストル領地の別邸へ行く」

二本目の指を立てる。

「友人などにお願いをして、どこか違う場所を提供してもらう」

三本目の指を立てて、ルイ様はニヤリと笑った。

友人に助けてもらえるならそれが一番良い気がするけれど、プライドの高いアルビーナ様がそんなお願いを友人にするとは思えない。きっとそれをわかった上で提案しているのだろう。

ルイ様もいい性格しているわね……。

アルビーナ様は怒鳴り散らすこともなく、静かに拳をプルプルと震わせていた。

自称幽霊だったルイ様に一度本性を見られているとはいえ、できるだけ私たちの前では威厳を保っていたいのかもしれない。

「……わかったわ。ブルストル領地へ行きましょう」

自分のプライドを守ることにしたらしいアルビーナ様が、そうポツリと呟《つぶや》いた。

「お母様！　私、嫌です！　あんな場所に暮らすなんて！」

「じゃああなたは新聞社に売られて社交界で恥をかけと言うの？」

「それは……っ」

義母に一蹴されたというのに、すぐには諦めないらしい。往生際の悪いマーサ様は狙いをルイ様に定め、涙目で駆け寄ってきた。

「ルイ！　悪かったわ！　リリーにも謝るから！　だから追い出すのだけはやめて！」

「断る」

「お願いよ！　ルイ！」

一瞬の迷いもなくズバッと即答したルイ様の腕を掴み、マーサ様がさらに顔を近づけて懇願をしてくる。ルイ様は掴まれた腕をすぐに振り払っていた。

「リリー！　お願い！　ルイを止めて！」

振り払われたマーサ様の手はそのまま私の腕に伸びてきて、わりと強くギュッと握られた。痛いけれどこの強さはわざとではなく不安からくる無意識だろう。

もちろん、ルイ様はその手もすぐに掴んで引き離してくれた。

「リリーに触るな。今まで自分がリリーに何をしてきたのかわかっているのか？」

「ルイッ！」

「男を呼んだのはやりすぎだったな。どんな謝罪の言葉を並べようが、俺は絶対に許さない」

「!!」

ゾクッ
これまで仲の良かった姉に向けられているとは思えないほどの冷めきったその目からは、心からの憎しみが溢《あふ》れ出しているように見える。

マーサ様がフラフラと一歩後退《あとずさ》りしたとき、コリン卿が部屋に入ってきた。

「団長！　あの男性は丁重にお帰りいただきました！」

放心状態のアルビーナ様やマーサ様、使用人たちの姿を見ても動じることなく、いつもの明るい調子でルイ様に報告している。

「ちゃんと誤解は解いたんだろうな」

「もちろんです！」

「わかった。あと、今すぐに新しい使用人が欲しい。探してくれ」

「はい？　団長、俺の職業わかってます？　騎士ですよ？　そんなの探せないですよ」

使用人ならここにたくさんいるじゃないですか——とは言わないので、全員解雇されたことを瞬時に悟ったのだろう。そこに疑問を抱かずにすぐ受け入れているコリン卿に驚いてしまう。

さすがだわ……！　ルイ様の性格をよくわかっているのね。

「コリンの兄弟にそういった仕事が得意な者がいるだろう？　報酬は支払うから、依頼しておいてくれ。できるだけ早急にな」

「ええ？　だったら自分で依頼すれば――」

コリン卿が心底めんどくさそうに顔を歪めると、ルイ様が無言のままジロッと睨みつけた。

その瞬間、コリン卿は別人のようにキリッとして背筋を伸ばす。

「はい！　すぐに手配しておきます！」

わざとらしいくらいに元気に返事をしたあと、私に軽く頭を下げてコリン卿は部屋から出ていった。嵐のような彼がいなくなり、また部屋には静寂が訪れる。

ど、どうしようかしら……？　みんな目を泳がせているけれど、ルイ様かアルビーナ様が動かない限り私たちは自分から動けないわよね。

なんとも言えない気まずい空気を最初に打ち破ったのは、アルビーナ様だった。

「……支度をするわよ」

「お、お母様!?　でも……」

「マーサ。覚悟を決めなさい。少しの辛抱よ。……大丈夫。絶対にこのままにはさせないわ」

「お母様……」

まだ納得のいかない顔をしているものの、マーサ様は義母の言う通り行動に移すことにしたらしい。私とルイ様をキッと睨みつけてから、バタバタとうるさく部屋から出ていった。

それに続いて使用人たちも全員出ていき、部屋には私とルイ様だけになった。

なんだか……どっと疲れたわ。

「大丈夫か、リリー？」

「はい。……アルビーナ様がこのままにはさせないって言っていましたが、あれは……」

「気にするな。どうせすぐには何もできない」

「……はい」

みんながいなくなって、ルイ様のオーラが優しくなった――と感じた瞬間、突然ルイ様が気まずそうに私から目をそらした。

「あ――……そういえば、その……さっきはごめん」

「さっき？」

「……………リリーの許可も取らずに勝手にキスして」

「！」

そうだったわ!!　私、ルイ様とキスしたんだった!!

そのあとのアルビーナ様たちとのやり取りのせいですっかり忘れていた。思い出した途端、一気に全身が熱くなる。きっと顔は真っ赤になっているに違いない。

「あ……いえ。そんな。私たちは夫婦ですし、謝る必要は……」

「……嫌じゃなかったか？」

「嫌だなんて！　そんなこと思ってもないです！」

「よかった」

ホッと安心したのか、優しく微笑《ほほえ》んだルイ様はまるで少年のように幼く見えた。

かっつ、かわ……っ！！

小動物だった頃のルイ様にいつも感じていたあの溢れるような愛《いと》しさが、ブワッと全身を駆け巡る。もう一切の迷いもなく心からハッキリと言える。

私、本気でルイ様のことを好きになってしまったのね……。

結婚して二年経ってから旦那様に恋をするなんておかしな話だ。

たくさん虐げられて利用されてきたけれど、ルイ様の結婚相手に私を選んでくれたアルビーナ様には感謝してしまう。

「リリー。俺は君に何か頼める資格なんてない最低な夫だったが、できることなら君とここからやり直したい。俺の妻として、これからも一緒にいてくれるか？」

「……！　もちろんです」

少し自信なさげに話すルイ様が愛しくて、そう返事をするなり彼のたくましい胸に飛び込んだ。腕を回してギュッと抱きつくと幸せに満たされたような気持ちになる。

これからも夫婦としてルイ様のそばにいられる……嬉しい……！

そんな幸せいっぱいの私が違和感に襲われたのは、抱きしめ返してくれると思っていたルイ様の腕が一向に私に触れていないことに気づいたからだ。

……あら？　どうしましょう。思わず勢いで抱きついてしまったけど、無礼な女だって思われたかしら？

「あの……ルイ様……」

そう言ってチラッと顔を上げると、真っ赤になっているルイ様と目が合った。

え!?

ルイ様は私と目が合うなり、ハッとして口元を手で隠しながら顔を背けた。何も言われていないけれど、ものすごく照れているのが嫌と言うほど伝わってくる。

え……照れてる!?　ルイ様が!?

「あ、あの……」

「……悪い。リリーから抱きついてきたのが初めてだったから驚いて……」

「いえっ。私こそ、その、急にすみませんでした」

「いや。リリーが謝ることじゃ……」

お互いに顔を赤くしながらモダモダと話す。こんな空気がさらに恥ずかしさを増長させていく。

ルイ様ってば。さっきは自分から私を抱き上げたりみんなの前でキスしたりしてきたのに、私から抱きついただけでこんなに顔が赤くなるなんて…………可愛すぎるわ!!

決断力と行動力のある男らしい姿と、奥手で照れ屋な可愛い姿のギャップがすごい。

つい先ほどルイ様への恋心を自覚したばかりだというのに、新たな一面を見るたびどんどん好きになってしまいそうで怖くなる。

「……お、俺たちも行くか。屋敷の中で何か変なことをされても困るから見張っておかないとな」

「そ、そうですね」

どこかぎこちない空気のまま、私たちはルイ様の部屋をあとにした。

翌朝。アルビーナ様とマーサ様、そして使用人全員がドロール公爵家から追い出された。

使用人の中には、ブルストル領地に行くくらいなら次の仕事のレベルが下がってもいい！　という決死の覚悟で出ていった者もいるらしい。

「この家から出ていけばそれでいい。そのあとどこに行こうが俺には関係ない」

ルイ様はそう言って気にも留めていなかったけれど、アルビーナ様とマーサ様は散々文句を言って昨夜は色々と大変だったそうだ。実家が複雑だと聞いていたグレンダはマーサ様についていくことに決めたのか、不機嫌そうな顔で外に立っている。

顔を出すなと言われた私はお屋敷の窓からその様子を眺めていた。

「……本当にみんな出ていったのね」

「半日しか猶予をあげないなんて、本当に団長は鬼ですよね～」

私の隣で一緒に外を眺めているコリン卿が、やけに楽しそうに言った。新しい使用人を雇っても心配らしく、ルイ様が私の専属護衛騎士としてコリン卿を指名したのだ。

「あの、ごめんなさい。コリン卿。私のせいで……」

「大丈夫ですよ！　どっちにしろ俺は街の警備隊に異動願を出していたんです。騎士団で大きな戦いに挑むより、身近な人たちを守るほうが自分には合ってる気がして。なので俺にとっても今回の指令は喜ばしいことなんです」

「……そう言ってもらえると嬉しいわ。ありがとう」

「いえいえ。これからは安心して過ごしてくださいね」

ニコッと明るく笑うコリン卿を見ていると、私まで元気になれる気がする。

「とりあえず、以前この家で執事長をしていた方が特別に戻ってくれることになったんです。前公爵様が亡くなったあとに辞めた方なんですが、全員解雇の話を聞いてすぐに名乗り出てくれました」

「そんな方がいらしたのね」

「どうやらアルビーナ様に解雇されたようですね。色々と邪魔だったんでしょう。引退後は働かずにのんびり暮らしていたようなので、すぐに話はつきました」

「まあ……それはひどいわね。また来てくれることになってよかったわ」

「はい。団長も喜んでいました。あと料理人と使用人は数人確保できたので足りない分は少しずつ補充していくという形で……」

「急だったのにすごいわね」

「そりゃあ団長の名前を出せば……ね。働きたいと言う人は多いですよ」

これがドロール公爵家の名前の強さか、と感心してしまう。使用人全員を追い出すと聞いたときには不安になったけれど、何も問題はなかったようだ。

「今日はとりあえず夫婦の部屋を準備するので終わってしまいそうです。ベッドやら家具やら全部新調するって。あ。あとでリリー様にもカーテンや壁紙など色々選んでいただきますので、よろしくお願いしますね」

「………ん⁉」

夫婦の部屋の準備……ですって⁉


「夕食を残していたみたいだが、どこか体調でも悪いのか？」

「………」

お風呂上がりの濡《ぬ》れた髪を拭きながら、ルイ様が尋ねてきた。私は今日用意されたばかりの可愛らしいソファに座りながら、横目でその姿を確認している。

違います！　夫婦同室ってわかってから緊張しちゃって、食事が喉を通らなかっただけなんです！

そう心の中で叫ぶけれど、とても口には出せない。挙動不審な私の様子を見たルイ様は、私の隣に座り顔を覗《のぞ》き込んできた。

「どうした？　大丈夫か？」

「……だ、だい、大丈夫……です」

「本当に？　熱でもあるんじゃないのか？」

目を泳がせている私の額にルイ様の手が伸びてくる。その大きな手を見て、反射的にビクッと肩を震わせてしまった。ルイ様の手がピタリと止まる。

あっ、いけない！　これじゃルイ様を避けてるみたいだわ！

一瞬悲しそうな顔をした彼を見て、押し寄せる罪悪感を拭うように慌てて訂正する。

「あの、違うんです！　ごめんなさい。ルイ様に触られるのが嫌なわけじゃ……」

「……熱は？」

「ないです！　体調も悪くなくて、その……すごく緊張しちゃってるだけで……」

「緊張？　何がだ？」

本気でわかっていないのか、ルイ様は眉をくねらせて問いかけてきた。どう答えていいのか迷っているうちに自然と私の目はベッドをチラ見していたらしい。

ハッとしたルイ様が急に慌てて出した。

「あっ、え!?　ああ、そういう……って、いや!!　そういう意味でこの部屋を用意したんじゃないぞ!?」

「……え？」

「夫婦としてやり直すために、これからは同じ部屋で寝るようにしたいって思っただけなんだ。俺はあっちの長ソファで寝るつもりだったし！」

「…………」

「でも……そうか、ごめん。小動物になっていたときに同じ部屋で寝ていたから、それと同じような感覚でいた。リリーにとっては同じじゃないよな……」

ルイ様は頬を赤く染めて、困った顔で私から目をそらした。

……なんだ。そういうことだったのね。やだ。勝手に勘違いして恥ずかしいわ！

気まずくて自分の両頬を手で隠すが、同じくらい照れた様子のルイ様を見ると意識しているのは自分だけじゃないって安心する。

「……勘違いしてすみません。てっきり初夜のやり直しをするのかと思って」

「初夜？」

「あっ。あの、私がマーサ様からこれが形だけのものだと聞いたのがその翌日の朝でして。初めて顔を合わせた日の夜はまだ知らなかったものですから……」

私の話を聞いて、ルイ様の顔が曇る。

私たちは初夜どころかお互いの部屋に入ったこともないような関係だ。

当時何も知らなかった私は、ドキドキしながら初夜を一人で過ごしていたのだ。

マーサ様が前の晩に教えてくれなかったのは、きっとわざとだろう。一人でルイ様を待っている私を想像して笑っていたに違いない。

私の少しだけ苦い思い出——ルイ様はそれを一瞬で悟ったらしい。

「……ごめん。俺はすでに契約結婚だと思っていたから、元々リリーの部屋に行くつもりはなかったんだ。……リリーは俺を待っていてくれてたんだな」

「い、いえ！　あの、責めているわけではなくて……！」

「わかってる。ただ、自分自身が許せないだけだ」

そう言うなり、ルイ様は私の背中に手を回しギュッと抱きしめてきた。

手のひらに乗っていた小さくモフモフなルイ様ではない。たくましいその胸板に顔をうずめると、一気に抱きしめられている実感がして体中が熱くなった。

「…………」

「…………」

ど、ど、ど、どうしましょう！　鼓動が速すぎて胸が苦しいわ！　こんなに激しく心臓が動いていて大丈夫なのかしら⁉

あまりにも速く大きい自分の心臓の音に不安になりながらもその胸に寄り添っていると、ルイ様がゆっくりと体を離した。真剣な表情をした彼と至近距離で目が合う。

「……もしリリーが許してくれるなら、初夜のやり直しをさせてほしい」

「えっ」

そ、それって……！

ドッドッドッ……とどんどん激しくなる心臓の音。緊張と恥ずかしさで倒れてしまいそうだ。

でも、不思議と嫌じゃない。きっとそれ以上に彼に対する愛しさが上回っているからだ。

「……はい……」

消えてしまいそうなほど小さい声でそう返事をすると、「ありがとう、リリー」と言ったルイ様が私を抱き上げてベッドに運んだ。

嬉しさやら少しの不安やら色々な感情が溢れてきて頭がうまく働かない。

私をベッドに優しく下ろしたあと、すぐ近くにルイ様も座った。いつもと違う艶っぽい瞳で見つめられて、今にも心臓が止まりそうだ。でもその目をそらすことができない。

「リリー。愛してる」

「私も……」

最後まで言い終わらないうちに唇を塞がれる。二度目のキスは一度目よりも甘く長く、呼吸困難になりそうになった。

「ルイ様……」

「リリー……」

一度離された唇が再度近づいてきたとき――

ボンッ!!

大きな破裂音と共に、ルイ様の姿が消えた。

「……えっ？　ルイ様!?」

「リリー！」

「！」

名前を呼ばれて下を向くと、さっきまでルイ様が座っていたベッドの上に白銀色の毛をした小動物がいることに気づいた。間違いなく呪いで姿を変えられていたときのルイ様だ。

「ルイ様!?　そのお姿は!?」

「わからない。なんで……こんな……」

「あっははは！」

そのとき、部屋の中に魔女の笑い声が響いた。気がつけば辺りが真っ白な空間に変わっている。

これは前回魔女が現れたときと同じ状況だ。

「魔女!!」

「そうさ。久しぶりだねぇ～って、昨日会ったばかりか。あははは」

「おい！　これはどういうことだ!?　俺の呪いは解けたんじゃなかったのか!?」

小さいルイ様が怒鳴っているというのに、魔女は心底楽しそうに笑っている。

「ああ。解けただろう？　……数十時間だけな」

「何!?　完全に解けたんじゃないのか!?」

「当たり前さ。あれっぽっちの血でアタシが満足するわけないだろう？　全然足りないね」

「なんだと!?」

「元に戻りたかったらもっともっとアタシに血をくれなきゃ。これからもよろしく頼むよ」

「…………」

大きなショックを受けたルイ様は、口を開けたまま呆然と魔女を見上げている。魔女はそんなルイ様を見てさらに楽しそうに笑った。

なんてこと……。これからも人間に戻るには誰かの血が必要ってこと？

「あ。言っておくけど、独身で若くていい男。この条件はしっかり守ってもらうよ。じゃあね」

「あっ」

魔女は言いたいことだけ言うと、パッと姿を消した。

「あの……クソ魔女があああ!!」

ルイ様はかなりお怒りらしく、もう姿の見えない魔女に向かって罵声を浴びせていた。ここまで怒っているのは見たことがない。怒り任せに暴言を吐いているとはいえ、見た目はモフモフの小動物。正直その怒っている姿すら可愛いと思えてしまう。

「ルイ様。どうしましょう?」

「はぁ……そうだな。とりあえず明日になったらコリンに話そう。あいつの血なら大丈夫だって実証済みだからな」

「……そうですね」

コリン卿ならこの姿のルイ様と話せるものね。

今後も血が必要だと伝えたならどんな顔をするのか——嫌です!　と半泣き状態で叫ぶコリン卿を想像するとさすがに同情してしまった。

それでも現状コリン卿しか頼れないのだから話すしかないだろう。

「それにしてもまだ完全に呪いが解けていなかったとは。またこの体になるなんて思ってもなかった」

「他の人の前で変わらなくてよかったですね」

「……あのタイミングで戻したのはわざとな気がするけどな」

ルイ様は不快そうに小さくそう吐き捨てるなり、私に向き直った。

「ごめんな、リリー。結局今回も初夜のやり直しができなくて……」

「！　いえ！　大丈夫ですよ」

「だが……」

「ルイ様」

落ち込んだ様子のルイ様を手に乗せて、自分の顔に近づける。昨日もやったことだというのになぜか懐かしく感じた。

「私は気にしていませんから。今夜はこのまま一緒に寝ましょう」

そう言って小さなルイ様の頭にチュッとキスをする。その瞬間、モフモフだった毛がボワッと逆立ったような気がした。

「リリー……俺はこれほどまでにこの体でいることを悔やんだことはないぞ……」

「ふふっ。明日の朝にはまた戻れるから大丈夫ですよ」

「それじゃ遅いんだ……」

ガックリと脱力した様子のルイ様を微笑ましく思いながら、私は彼の背中を優しく撫でた。

夫婦としての初夜を迎えられなくて残念だし少し寂しくはあるけれど、どこかホッとしている自分もいるのは……ルイ様には内緒だ。

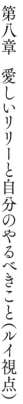

第八章　愛しいリリーと自分のやるべきこと（ルイ視点）

「……団長、そのお姿は……」

次の日の朝。テーブルの上に立った小動物姿の俺を見て、コリンが顔を引き攣《つ》らせている。

「血が足りなかったとかで、またこの姿になってしまったんだ」

「魔女がまた現れたんですか？　今朝？」

「いや。……昨日の夜だ」

「………あっ。だから団長、そんなに機嫌が悪いんですね。目の下にクマができてるし」

昨夜の出来事を察したのか、コリンが同情した目を向けてくる。イラッとして頭を引っ叩《ぱた》きたくなったが、今の俺がやったところでなんのダメージも与えられないだろう。

そんな訳知り顔のコリンを見て、リリーが気まずそうに頬を赤く染めた。

クマができてる？　そうだろうな。昨夜は魔女への苛立《いらだ》ちとリリーに触れられないもどかしさで一睡もできてないんだから。

朝起きて俺を見たリリーも「どうしたんですか⁉」と驚いていた。それくらい、今の俺はひどい顔をしているのだろう。

そんな俺をジ――ッと見ていたコリンが、ハッとして一歩下がった。このあと俺が何を言うつもりなのかを悟ったらしい。

逃げられる前にと、俺は短い腕を無理やり組んでコリンに向かって叫んだ。

「というわけで、コリン！　噛《か》みつかせろ！」

「嫌です！！！」

予想通りの反応をしたコリンは、サッと自分の腕を後ろに隠すなりさらに俺から距離を取った。

部屋から逃げ出さないだけマシなのかもしれないが、とても王宮騎士団に所属している騎士とは思えない。

「少しチクッとするだけだろ。我慢しろ」

「絶対に違う！　だって、この前よりもっと強く噛む気ですよね!?　血の量が少なかったからって言ってたじゃないですか！」

「強さは変えないから安心しろ。噛む範囲を広げるだけだ」

「もっと嫌ですけど!?」

文句を言ってくるものの、本気で逃げようとはしていない。そんなコリンの覚悟に感謝しながら、俺は容赦なくコリンの腕に飛びかかった。

「ぎゃ――――！」

コリンに振り落とされる前に口を離し、床に着地したその瞬間――ボンッという爆発音と共に、自分が人間の姿になっているのがわかった。

ふぅ……なんとか戻ったようだな。

椅子に座っていたリリーは、用意していた救急箱を持ってコリンのもとに向かっている。

「ごめんなさい。コリン卿《きょう》。傷を見せてください」

「リリー。そんなのは自分でやらせればいい」

「団長、ひどすぎます！　ここまでされたんですから、俺はリリー様に手当てをしてもらいますからねっ」

コイツ……！

リリーに甘えようとしているコリンに腹が立つが、怪我《けが》をさせた張本人である俺が文句を言うことはできない。これでも多少の罪悪感はあるのだ。

それでもリリーに優しく手当てされている姿にイラッとして、つい嫌味を言ってしまう。

「コリン。仮にも騎士のお前がそんな小さい傷で騒ぐな」

「お言葉ですけどね、団長！　大きな獣と戦って傷を負うのに比べたら軽傷かもしれませんが、これはこれで意外と痛いんですからね!?　紙や木の枝で切った小さな切り傷って地味に痛いじゃないですか。あれと同じです！」

「まったくわからない」

「この頑丈筋肉男め……!!」

コリンは悪口なのか褒めてるのかよくわからない言葉を吐き捨てると、リリーに礼を言ってからスッと立ち上がった。

むすっとしている顔が幼い子どものようで、とても二一歳とは思えない。

「まぁ、そう怒るな。今日は王宮に行く予定があったから絶対に人間に戻りたかったんだ。この埋め合わせはどこかでしてやる」

「絶対ですよ！　……ところで、王宮に何しに行くんですか？　今の状態で騎士の仕事をするのは危険だと思うんですが……」

つい先ほどまで不機嫌な顔をしていたというのに、今は心配そうな表情を浮かべているコリン。それはリリーも同じで、垂れ下がった眉と目からは不安な気持ちが溢《あふ》れ出ている。

たしかに任務中に小動物にでもなったら大変だ。

自分だけでなく部下に危険が及ぶ可能性がある以上、そんな無責任なことはできない。

「王宮には無事だったと報告に行くだけだ。取り急ぎ手紙は送っているが、改めて挨拶をしてくる。もちろん、通常の騎士の仕事はしばらくしない」

「それって、騎士の仕事を休むってことですか？」

「いや。違う任務につく」

「違う任務？」

俺は目を丸くしてキョトンとしている二人に向かってニヤリと笑った。

「他の行方不明者を助けに行く。俺と同じように、動物にされてどこかにいるはずだからな」

「他の行方不明者を助ける!?」

俺の発言を聞いて、リリーとコリンが同時に叫んだ。

二人とも驚いているが、どこか「そうか！」というようなハッとした表情をしているところを見ると、一瞬でその意味を理解したらしい。

「ああ。呪いのことは他人に話せない。知っている俺でなければできない仕事だ」

「た、たしかにそうですが……団長、どこを捜すんですか？」

「その行方不明者の家だ。俺も森であの姿に変えられたあと、すぐにこの家に飛ばされた。きっと他のヤツらも自分の家に飛ばされたはずだ」

「そうですね……！　それなら行方不明の方を見つけられるかも。ルイ様、すごいです！」

そう言ってリリーが目を輝かせながら俺を見つめてきた。そのキラキラした瞳からは俺に対する尊敬の気持ちが溢れているようで、嬉《うれ》しいがどこか気恥ずかしくもある。

……可愛《かわい》いな。

昨夜、これからというときに小動物にされてしまった俺は、隣でスヤスヤと眠るリリーを見ながら眠れない夜を過ごした。

抱きしめることすらできないもどかしい気持ちがよみがえり、無性にリリーを抱きしめたい衝動に駆られる。

やっと人間に戻れたんだ。邪魔なコリンを早く追い出そう。

戻れたことに対する感謝の気持ちはあるものの、今は一刻も早くリリーを抱きしめたい。

「ああ。細かいことは話せないが、個人的に行方不明者を捜してくると騎士団には報告するつもりだ。ということで、コリン。お前はもうこの部屋から出ろ」

「なるほど～……って、ええ!?　急になんですか!?」

「この話は終わりだから出ていけ」

「いやいや！　俺、リリー様の護衛騎士なんですけど」

俺の突然の追い出し発言に、コリンが案の定反発してきた。

団長だった俺に向かってここまでバカ正直に言い返してくるのはコリンくらいなものだが、気を使わなくていい分、俺も言いたいことがそのまま言えるので助かっている。

っかく、しつこいな。少しは空気を読め。

「邪魔だから出ていけって言ってるんだ」

「！」

早くリリーと二人きりになりたいという気持ちが先行して、つい本音を言ってしまった。

コリンの隣で俺たちのやり取りを見守っていたリリーの頬が一瞬で赤くなる。

あっ……しまった。

「ああ～！　なんだ、それならそうと早く言ってくださいよ。リリー様、すみませんでした」

「えっ？　いえ、私は別に……っ」

しどろもどろに答えるリリーに一言挨拶するなり、コリンは足早に部屋から出ていった。リリーはそんなコリンを見送ったまま、俺に背を向けた状態で扉を見つめ続けている。

「……もうコリンは出ていったぞ」

「そ、そうですね」

「……なんでずっとそっちを見ているんだ？」

「…………」

俺の質問を聞いて、顔の赤いリリーがゆっくりと振り返る。眉が少しだけ上がっているところを見ると、何かに対して怒っているのかもしれない。……まったく怖くはないが。

「どうした、リリー？」

「コリン卿に邪魔だって言うなんて。何か変な誤解をされちゃったじゃないですか」

両手で拳を作り、みじんも迫力のない声と口調で文句を言ってくるリリー。

思わずニヤけそうになるのをグッとこらえて、真顔で聞き返す。

「変な誤解？」

「あれじゃきっとコリン卿は私たちが……その……」

「その……なんだ？」

「え、えっと……」

口に出すのが恥ずかしいのか、なかなかハッキリと言わないリリーの可愛さに我慢の限界がきた。

リリーの腰に手を回し、グイッと自分に引き寄せる。あまりの軽さに少し浮いたリリーが「きゃっ」と小さな悲鳴を上げていた。

「こういうことをするって誤解される、と？　それは誤解ではなく事実だ。俺はリリーとこういうことがしたくてコリンを追い出したんだからな」

ギュッと抱きしめながらそう言うと、リリーの肩がビクッと震えた。

顔の近い俺にもやっと聞こえるようなかすかな声で、リリーがボソッと呟《つぶや》く。

「み、耳元で喋《しゃべ》らないでください……」

「！」

その声に、ブワッと一気に自分の体温が上がったのがわかった。もし今あの小動物の姿だったなら、全身の毛が逆立っていたことだろう。

リリーを抱きしめることに満足していた体が、急に物足りなさを訴えてくる。

まずい……このままリリーをベッドに押し倒したい……。

これから王宮に行かなくてはいけないし、俺たちは朝食もまだだ。やらなくてはいけないことが、たくさんある。

それに、何よりこんな朝から強引に始めていいものではないことくらいわかっている。

我慢しろ。我慢、我慢、我慢……。

「ルイ様……？」

急に黙ってしまった俺を心配するように、リリーが俺の名前を呼んでくる。

やめてくれ。今はその可愛い声で俺の名前を呼ぶな。耐えろ、耐えろ……。

せっかく人間の姿に戻れたというのに、これでは昨夜と同じではないか。あまり日中からリリーとくっつくのはやめたほうがいいのかもしれない。

そんなことを考えながら、ひとまず今だけはリリーを抱きしめることのできる幸せに浸っていた。

王宮に到着するなり、俺はすぐに陛下のもとに案内された。事前に伺うと伝えてあったことで、わざわざ時間を作ってくださったらしい。

――とはいえ、呪いのせいでまともな報告はできないのだが。

「おお。ドロール公爵。よくぞあの魔女の森で行方不明になったあとに帰還してくれた。色々と話を聞かせてくれ」

案内された部屋には、陛下の他にもグランリッド大公の姿があった。

ああ……そういうことか。

その姿を見て、なぜ王座の間ではなく個室に呼ばれたのかを理解した。

グランリッド大公は陛下の実の弟であり、今回の『魔女の森行方不明者捜索』を命じた人物でもある。

彼の息子である騎士のクラーク殿下が、約ひと月前に魔女の森で行方不明になったのだ。

違う任務に向かう途中、魔女の森を通ってしまったらしい。そのとき森に入った隊の中で、行方不明になったのはクラーク殿下だけだった。

同じ状況になった俺から詳しく話を聞きたいんだろうが、どこまで話せるか……。

「ご心配をおかけしました。陛下」

ひとまずそう伝えると、陛下から思いも寄らない言葉を投げかけられた。

「行方不明の間、幽霊になっていたというのは本当か？」

は？　と、思わず陛下に言ってしまうところだった。なんとか喉元で止めて冷静に聞き返す。

「幽霊……ですか？」

「ああ。そう聞いているぞ。ドロール公爵は行方不明の間、幽霊になって自分の家の中を彷徨《さまよ》っていたと」

「…………」

……誰が話したんだ？

たしかに、俺は母や姉にそう説明した。だからこの家で起こった出来事はすべてこの目で見ていたのだと。

だが、それはあくまであのときにしか話していない内容だ。あの場にいた誰かが外に漏らさない限り、陛下は知る由もない話なのだ。

うちの使用人を辞めた誰かが言いふらしているのか？

まぁ、行方不明になっていた時期の説明をどうするかと迷っていたところだから、もうそれでいいか。

ここにリリーやコリンがいたら「それでいいんですか!?」と言われそうだが、新しい理由を考えるのも面倒だ。どんな理由にするにしろ結局は嘘《うそ》なのだから、一つに合わせたほうがいいだろう。

「はい。気づいたらそうなっていました」

「元の姿にはどうやって戻ったんだ？」

「それは……」

しまった。そこまでは考えていなかった。……というか、もしかしてこんな質問がずっと続くのか？

興味津々に体を前のめりにしている陛下とグランリッド大公の様子を見ると、ここでハッキリと何も答えられないと伝えたほうがよさそうに思える。

息子のことが気がかりなのはわかるが、本当のことは話せないからな。

「言えません」

「言えない？　どういうことだ？」

「『言わない』のではなく、『言えない』のです。これでご理解いただけると……」

「…………」

俺の言葉に、二人が真剣な顔をして黙る。

行方不明になった場所が魔女の森であることから、何かを察してくれたらしい。グランリッド大公が小さい声で「魔女……？」と呟いたのが聞こえた。

その言葉に頷《うなず》いてイエスであることを伝えようと思ったが、頭が動かなかった。

……くそっ。頷くことすらできないのか。

思っていた以上に厄介な呪いだなと思いながら、俺は話を続けた。

「本日は、陛下にお願いがあって参りました」

「なんだ？」

「諸事情により、私はこれまでと同じような任務につくのが難しい状況にあります。そのため、しばらくの間騎士団からは離れ、私だけ違う任務につかせていただきたいのです」

「ふむ……。その違う任務とは？」

「行方不明者を捜す任務です」

「！」

ガタッと立ち上がったグランリッド大公が、目を見開いた状態でジッと俺を見据える。

「……見つけられるのか？」

「おそらく……としかお答えできませんが、この任務は私にしかできないことだと確信しております」

「どうやって捜すんだ？」

「それは……言えません」

「……そうか」

グランリッド大公は特に激昂《げきこう》する様子もなく、静かに腰を下ろした。ガッカリしているというよりかは、かすかな希望に少し期待しているかのように見える。

さっき「言わないのではなく言えない」のだと言っておいてよかった。

このタイミングで言えないと言っていたら、無理やりにでも問い詰められていただろう。それでも答えられない俺に、陛下と大公の怒りが向けられていたかもしれない。

大公の様子を横目で見たあと、陛下が改めて俺に視線を定めた。

「少しでも可能性があるのなら、君に賭けようじゃないか。ドロール公爵。その特別な任務、認めよう」

「ありがとうございます」

「それで、まずは誰から捜し始めるつもりかな？」

「それは……」

陛下からの質問に、グランリッド大公が顔を上げてこちらを見る。二人は黙っているが、その目からはあきらかに強い脅迫のようなものを感じる。

こんなの、答えなんて最初から決まってるだろ。

命令するのではなく俺から言わせようとするところがなんともいやらしい。まぁ、そうわかってはいてもそれに逆らうことはできないのだが。

「もちろんグランリッド閣下のご子息……クラーク殿下です」

「そうか。よろしく頼むよ」

わざとらしくにっこりと微笑《ほほえ》む陛下とグランリッド大公を見て、ため息をつきたくなってしまう。安心したらしいグランリッド大公が、機嫌良さそうに俺に協力を申し出てきた。

「私にできることがあればなんでも言ってくれ」

「ありがとうございます。では、クラーク殿下のお写真をお借りしてもよろしいでしょうか？それと……グランリッド閣下のご自宅で捜索をさせていただきたいのです」

第九章　魔女の呪いにかかった行方不明者を救う

「グランリッド大公の家に行くことを許可してもらった。リリー、コリン、行くぞ」

「へ!?」

王宮から帰ってくるなり、ルイ様は玄関ホールで出迎えた私にそう告げた。

私の少し後ろに立っていたコリン卿《きょう》が、体に染みついているかのように反射的に「はい！」と元気よく返事をしている。

グランリッド大公様の家に……行く!?

長年田舎領に暮らしてきた貧乏男爵家の娘だった私は、実はこれまでにドロール公爵家以外の貴族の家に行ったことがない。

令嬢たちとのお茶会すらまともにしたことのない私が、いきなり大公家に行くなんて荷が重すぎる。

「あ、あの、なぜ大公家に？　私、マナーに不安が……」

不安から手をガクガクと震わせている私を見て、ルイ様がフッと鼻で笑った。

「安心しろ。会合に行くわけじゃない。行方不明になっているグランリッド大公のご子息、クラーク殿下を捜しに行くんだ」

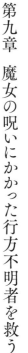

ああ……そういうことね！

ホッと安心すると共に、もう一つの疑問が浮かんでくる。

「あの、私も一緒に行っていいのですか？　ルイ様のお仕事の邪魔になってしまうんじゃ……」

「邪魔なわけないだろう。この呪いのことを知っているのは現状俺たち三人だけなんだ。手伝ってもらえると助かる」

「！」

私でも……ルイ様の役に立てるの？

アルビーナ様たちを追い出したあと、この家に戻ってきてくれた執事のバイロンがドロール公爵家の仕事を担ってくれている。ルイ様も私もいつかは仕事を引き継げるように学ぶつもりだけれど、今はすべて任せるしかない状態だ。現在の状況把握やその対処で忙しく、バイロンにはとても私たちに教えている時間などないからである。

私にはできることが何もない。

二年もこの家の夫人という立場にいながら、夫であるルイ様を支えることのできない自分の不《ふ》甲《が》斐《い》なさを感じていたところだった。

「俺はもちろん喜んで手伝いますよ！」

「コリン。お前は喜んでいようが嫌がっていようが手伝うことは決定だ」

「私も手伝います！」

「そうか。ありがとう、リリー」

「……俺とリリー様への態度、違いすぎません？」

そんなコリン卿の文句を軽く流し、ルイ様はニヤッと意味深に笑った。

「よし。では昼食を食べて準備ができたら早速行くぞ」


「う、わぁ……」

グランリッド大公家に到着し、馬車から降りた私の口からポロッとこぼれた言葉。

ついポカンとしてしまうほどに広く綺麗《きれい》な庭と、その先に見える立派な建物に足がすくんでしまいそうになる。

ここが大公家！　王宮ではなくて!?

ドロール公爵家も広い敷地に大きく綺麗な建物だと驚いたけれど、それ以上の広さに圧倒されてしまう。

私の実家とは大違いだわ……！

馬車から降りる私の手を支えたままのルイ様は、建物のほうを向きながら説明を始めた。

「グランリッド大公は仕事のため不在だ。奥様はクラーク殿下の行方不明以降、部屋で伏せっているらしいから挨拶は不要だと言われている」

「挨拶もなくてよろしいのですか？　お家の中など見させていただくのに」

「ああ。クラーク殿下を捜すということも内密にと言われている。期待させてダメだった場合、さらにショックを受けることになるからな」

「なるほど……」

興味深そうに周りをキョロキョロしていたコリン卿が、「あっ、誰か来ます！」と小さな声で知らせてきた。

建物のほうからこちらに向かって歩いてくるのは、母と同じくらいの年齢のメイドだ。ふくよかな体つきで、黒い髪の毛をピシッと綺麗にまとめている。

私たちを待ってたのかしら？

そんな疑問に答えるように、ルイ様が得意げに言った。

「俺がメイド長と話したいと言っておいた。おそらくこういうことは、メイドなどの使用人のほうがいいと思ってな」

「こういうこと？」

「ここ最近で何か変な動物が現れなかったか――という質問をするからさ」

あっ、なるほど。たしかに毎日お屋敷やお庭にいる使用人のほうが、動物になったクラーク殿下に会っている可能性が高いわね。

「お待ちしておりました。ドロール公爵様。わたくし、メイド長のモリーゼと申します」

「わざわざ出迎えていただき感謝いたします。早速お聞きしたいことがあるのですがよろしいでしょうか？」

「はい。よろしければお屋敷の中で……」

「いえ。夫人に聞かれても困りますし、ここで大丈夫です」

ルイ様にキッパリ断られたメイド長は、一瞬目を丸くしたけれどすぐに「わかりました」と頭を下げた。

「では質問なのですが、クラーク殿下が行方不明になったあと、このお屋敷に黒い毛をした動物が現れませんでしたか？」

事前にグランリッド大公から見せてもらった写真で、クラーク殿下は黒髪に濃いブルーの瞳が印象的な一九歳の好青年だということがわかっている。

殿下が動物になっているのなら、ルイ様のときと同じように髪の毛と同じ色の動物になっているはずだ。

「黒い毛の動物……ですか？」

「はい。どんな動物でもいいです。突然このお屋敷に現れませんでしたか？」

「…………」

メイド長は一瞬眉をピクッと反応させたあと、手を口元に当ててやけに険しい顔で考え始めた。何かを思い出しているというよりは、話していいものかと迷っているように見える。

このメイド長、何か知っていそうだわ！

パチッと隣にいるコリン卿と目が合った。同じ考えなのか、ニコッと笑顔を作ったコリン卿はうんうんと得意げに頷《うなず》いている。ルイ様はメイド長から視線を離さないままだ。

「心当たりがありますか？」

「……あの、それがクラーク様と何か関係が?」

「それはお答えできません。少しでも心当たりがあれば教えてください」

メイド長は私たちと目を合わさずに気まずそうな顔をしている。

しかし、正直に打ち明けることを決意したのかキッと眉を吊《つ》り上げて私たちに向き直った。

「おっしゃる通り、現れました。クラーク様が行方不明になったと聞いたその日に」

「!」

やっぱりクラーク殿下も魔女の森からすぐに自分の家に飛ばされたんだわ!

ルイ様が私とコリン卿の顔を確認し、コクンと小さく頷く。そしてすぐに質問をした。

「それはどんな動物でしたか?」

「狼《おおかみ》……です」

「狼?」

「はい。目つきの鋭い黒い狼が、突然このお屋敷に現れたのです」

メイド長の話を聞いて、ルイ様とコリン卿と三人で目を合わせる。こんな街中に野生の狼が現れるとは考えにくい。しかも、この辺では黒い狼など聞いたこともない。

呪いにかかったクラーク殿下で間違いないはずだ。

クラーク殿下は魔女に狼にされたのね……!

「それで、その狼は今どこに?」

「………」

ルイ様からの質問に、メイド長はまた黙ってしまった。

その瞬間、嫌な予感が体中を駆け巡っていく。まさか……。

「……わかりません」

ああっ！　やっぱり！

でも、まぁそうよね。なかなか狼をお屋敷の中で保護しようなんて思わないわ。じゃあ、殿下は今どこに？　庭に隠れているのかしら？

私たちの不穏な空気を感じ取ったのか、メイド長が当時の状況を話し出した。

「あの日、クラーク様が行方不明だとわかる数時間前に……突然この庭に黒い狼が現れたのです。発見したのは庭師二人でした。大きな叫び声が聞こえて、使用人数人と騎士が数人その場に駆けつけました。わたくしはそのときちょうどエレナ様……クラーク様の九歳の妹君と一緒に庭を散歩していたため、その場に居合わせてしまったのです」

顔を青くして少し手を震わせているメイド長を見ると、そのときの恐ろしさが伝わってくるようだった。当時の緊迫した状況がうかがえる。

私たちはその狼がクラーク殿下だとわかっているけど、他の人にとったら見たことのない黒い狼なんだもの。さぞ怖かったでしょうね。

でも……みんなに怯《おび》えられたクラーク殿下も、きっと怖かったはずだわ。

「それで、その狼はどうしたのですか？」

「それが……狼はなぜかずっとエレナ様を狙っていて……近づこうとしてきたり、エレナ様に向かって吠《ほ》えたりして……」

妹であるエレナ殿下に気づいてもらおうとしたんだわ。

メイド長は当時を思い出すように庭を見つめながら話を続けた。

「それで……エレナ様が危険だと思い、騎士の方々がなんとか狼を殺そうと……」

「ええっ⁉」

「⁉」

私たち三人が声を揃《そろ》えて叫んだため、メイド長は肩をビクッと大きく震わせて目を見開いた。でも、今はそんなメイド長に同情している場合ではない。

殺そうとしたですって⁉　クラーク殿下を⁉

「そっ、それで狼をこ、殺してしまったのですか⁉」

震える声で質問する私を不思議そうに見ながら、メイド長は首を横に振ってそれを否定した。

「いいえ。動きが速くて殺せませんでした」

「そ……そうですか」

よかった――！　クラーク殿下は無事なのね。

ルイ様とコリン卿もホッとしたらしく、隣から「ふぅ……」と息を吐く音が聞こえた。せっかちなコリン卿が話の続きを促す。

「それで、その狼はどこに？」

「わかりません。どこかに行ってしまいました。……捜すのですか？」

「はい。その狼が重要なカギなので」

コリン卿はニコッと爽やかに笑いながら答えた。『重要なカギ』という言葉は呪いで変換されないらしい。

メイド長はまた少し考える素振りをしたあと、小さい声で話し出した。

「もしかしたら……近くの農村に潜んでいるかもしれません」

「近くの農村？」

「はい。黒い狼が現れてから、その村の畑から野菜などが盗まれているようで……。今までそんなことはなかったので、きっとあの狼じゃないかと」

ルイ様はチラッと私とコリン卿を見たあと、優しくメイド長にお礼を言った。

「ありがとうございます。もし何か他に情報があればまた教えてください。私たちはこれからその農村へ行ってみます」

お屋敷に入れなかったクラーク殿下が、農村に隠れているのかもしれないわ。盗まれたというお野菜も、もしかしたらお腹《なか》を空《す》かせた殿下が……。

もしそうなら早く助けなくてはと、私たちは急いで馬車に乗り込みその農村に向かった。

「……クラーク殿下、見つかるといいですね」

「ああ。無事でいてくれたらいいが」

「野菜を食べてがんばって生き抜いているはずですよ」

私の独り言のような呟《つぶや》きに、ルイ様とコリン卿が答えてくれる。

そうよね。農家の方は驚いたかもしれないけど、本当にクラーク殿下が盗んだのならきっと元に戻ってからお詫《わ》びに行かれると思うし。近くに農家がたくさんあってよかったわ。

「そういえば、クラーク殿下は狼だったのですね。黒い狼ならめずらしいですし、間違えずに捜せそうでよかったです」

「…………」

「…………」

……ん？

さっきは私の言葉にすぐ答えてくれた二人が、急に黙ってしまった。

目の前に座っているコリン卿はなぜか顔を横に向けてこちらを見ないようにしているし、隣に座っているルイ様はムスッとした表情で窓の外を見ている。

え？　二人ともどうしたのかしら？

どうにも様子のおかしい男性陣二人を不思議に思っていると、少し先に村が見えてきた。

「あっ。あの村ではないですか？」

「…………」

「…………」

二人の視線が窓の外に見える村に移ったけれど、何も喋《しゃべ》らない。

……まだ黙っているわ。本当にどうしちゃったの？

「あの、私……何か気に障ることでも言ってしまいましたか？」

「？　なぜリリーが謝るんだ？」

「お二人とも黙ってしまったので……」

心配になり正直にそう伝えてみると、ルイ様が少し気まずそうに目をそらす。

「何も答えずに悪かった。魔女に対する怒りが込み上げてきて、つい苛立《いらだ》ってしまった」

「魔女に？」

予想外の答えに、キョトンとしてしまう。

なぜこのタイミングで魔女に対する怒りが出てくるの？

……ハッ。もしかして、殺されそうになったクラーク殿下に同情して呪いをかけた魔女に対する怒りが……!?

私は無事でいたことにただホッとしていたけれど、ルイ様にとったら他人事《ひとごと》には思えなかったのかもしれないわ！

なんてお優しい方なのかしら……と思っていると、ルイ様が真剣な顔つきでボソッと呟いた。

「なんでクラーク殿下は狼なんだ？　俺はあんなに小さい動物だったというのに……」

「…………ん？」

え？　今、ルイ様はなんて……？

ルイ様が何を言っているのかわからず戸惑っていると、突然コリン卿が激しく噴き出した。

「ぶはっ！！！」

「!?　コリン卿？」

「あはっ……はっ……あははは！」

なんの前触れもなく、急にお腹を抱えて大笑いを始めたコリン卿。意味がわからずポカンとする私の横で、ルイ様がチッと大きな舌打ちをした。

「コリン……」

「すっ、すみませ……っ！　はっ、ははは……っ！」

「……………」

どうにも笑いの止まらないコリン卿は、ルイ様が恐ろしい形相で睨《にら》みつけているというのに一向に落ち着く気配がない。

「コリン卿、どうされたのですか？　大丈夫ですか？」

「だっ、だいじょっ、ははは……っ！　だ、だって、団長はあんなに小さかったのに、お、狼ってかっこよくて全然ちがっ……あははっ」

えっ……そういうこと!?

バッと隣にいるルイ様を振り返ると、ちょうどコリン卿に向かってクッションを投げつけたところだった。馬車に用意してあったふかふかのクッションは、実は固かったのかと疑ってしまうほどバンッと激しい音を立ててコリン卿の顔面にぶつかった。

わあっ。すごい音！

「い……痛いっ……ははっ、ひ、ひどいです、だ、だんちょ……」

鼻の頭が真っ赤になっているというのに、まだ笑いの止まらないコリン卿。横を向いて私たちを見ないようにしていたのは、笑いをこらえていたから……らしい。

まだ笑い続けてるわ。でも、そろそろ止めてもらわないとルイ様が……。

「コリン……次はこの箱を投げるぞ」

「ルイ様っ！　それはクラーク殿下に差し上げるお食事が入ってますので！」

メイド長から預かった食事の箱を持ち上げているルイ様を必死に止める。

ああっ！　ほらっ！　もう。こんなときにまでケンカするなんて、この二人は……！

はぁ……とため息をついたとき、ガタンと一瞬大きく揺れて馬車が止まった。目的地に到着したらしい。いつの間にか、遠くに見えていた家などがすぐ近くにあった。

「あっ。着いたみたいですね！　早く降りて捜しましょう！」

「……そうだな」

まだ陽が落ちる前だからか、外には数人の村人がいる。その姿を確認した途端、すぐにコリン卿が走り出した。さっきまで大笑いしていた人物とは思えないほど、今は人当たりの良い爽やかな騎士に見える。

「こんにちは！　すみません。ここら辺で黒い狼を見かけませんでしたか？」

一番近くにいた高齢女性にそう声をかけると、一緒に農作業をしていたらしい旦那さんが何事かとコリン卿に近づいた。

「黒い狼を捕まえに来たんですかい……？」

「はい。見ていませんか？」

「儂《わし》は見たことないが……何人か見たと言っていたなぁ……」

「！」

やったわ！　この村にいるって情報は合っていたみたい！

ルイ様と目を合わせてニコッと微笑《ほほえ》むと、旦那さんが続けて話し出した。

「あれは厄介な生き物だ」

「……厄介？」

旦那さんの不穏な空気を感じ取ったコリン卿が、声のトーンを落として聞き返した。旦那さんの後ろに立っている奥さんは、どこか悲しそうな顔で村全体を見回している。

「最初に黒い狼の噂《うわさ》を聞いたときは、一つか二つ……野菜がなくなるくらいだった。だが、最近はアレだ」

「アレ？」

そう言いながら旦那さんは少し先にある畑を指差した。家があってよく見えないけれど、盛り上がった土がかすかに見える。

あら？　なぜあんなに土が盛り上がっているのかしら？

旦那さんがそれ以上何も言わなくなってしまったので、私たちはその畑まで歩いて見てみることにした。近づいていくほど、その異様さに顔が険しくなっていく。

「これは……！」

そこには、土がボコボコになって荒れ果てた畑があった。野菜がいくつか散らばっているのが見えるけれど、どれも売り物にはならない形になってしまっている。

「ひどいわ……」

「自然になった状態じゃないですね。土も掘り起こされているし、残った野菜の量も少なすぎる。これ、乱暴に盗んだんじゃないですかね」

コリン卿の意見に、嫌な予感が頭をよぎる。

まさか、これをクラーク殿下が……？

ほぼ同時に、私とコリン卿の視線がルイ様に向けられた。不安そうな私たちの顔色を見て、ルイ様が少し困ったように口を開く。

「……俺はあまりクラーク殿下とは関わりがなかったんだ。挨拶や、任務での必要事項の話くらいしかしたことがない。だから、彼がどんな人かはよくわからない――が、こんなことをする人ではないと思うが……」

自信なさげに話すルイ様に、不安な気持ちが大きくなっていく。

たとえ以前はそんなことをする人ではなかったとしても、呪いで動物に変えられたクラーク殿下が荒れてしまっていても不思議ではないのだ。

……家族にも気づいてもらえず、ひと月もずっと一人でいるんだもの。精神的に追い込まれている可能性は高いわ。でも、だからってここまでするなんて……。

もしこれが本当にクラーク殿下の仕業だとしたなら、彼は今相当不安定になっているはずだ。

簡単に見つかるような場所にいるとも思えない。

「こんな風にされた家は一軒二軒じゃないです……。うちもいつ荒らされることやら……」

いつの間にか近くまで来ていた旦那さんが、遠い目をしてボソッと呟いた。

「これは本当に黒い狼がやったのでしょうか？」

「……黒い狼が荒らしているのを見たという者がいるんだよ」

「そうですか……」

ショックを通りすぎて放心状態のような旦那さんの様子を見ると、この村の人たちが今どれほど胸を痛めているのかが伝わってくる。

村の人たちのためにも、クラーク殿下の家族のためにも、早く見つけて助けなきゃ……！

その気持ちはルイ様もコリン卿も同じらしい。三人で目を合わせて、無言のままコクッと頷く。

「ではまずこのすぐ近くの森から捜そう。この辺で隠れているとしたらそこの可能性が高いからな」

「はい！」

「小さい森だしすぐに見つかるだろう」

――と、予想していたのだけれど。

「全然見つからない!!」

森に入って一時間。コリン卿が大きな声で叫ぶ。木に印をつけながら森の中を歩き一通り捜したというのに、黒い狼どころかウサギよりも大きい動物すら見かけなかった。

足跡やこの森に狼がいたという形跡すらないため、うまく隠れているとも思えない。

「まずいな。もうすぐ暗くなる。今日はここまでだな」

ルイ様が薄暗くなってきた空を見上げて悔しそうに呟く。一時間森の中を歩いていたというのに、息切れすらしていない涼しい顔。

ゼェハァと肩で息をしている私は、なんとか呼吸を整えてからルイ様に質問をした。

「クラーク殿下の名前を呼んでも出てこないということは、この森にはいないのでしょうか」

「その可能性が高いな。だが、そうなるとどこに……」

「団長、リリー様！　ひとまず馬車に戻りましょう！」

少し先を歩いているコリン卿が急《せ》かすように声をかけてくる。慣れない森ではあまり夜を迎えたくないと言っていたので、私たちの安全を考えて急いでいるのだろう。

ここから馬車までは結構距離があるわね……。よし！　もう少しがんばるぞ！

すでに疲れきっている足をなんとか動かし一歩踏み出すと、私の真後ろに突然ルイ様が立った。どうしたのかと振り向いた瞬間――足が宙に浮く。

「きゃあっ」

ふと気づくと、ルイ様の端麗な顔がすぐ目の前にあった。どうやら私は今ルイ様に抱き上げられているらしい。まるで姫のような扱いに恥ずかしくなり、体が一気に熱を帯びる。

「ルイ様っ！　何を……っ」

「もう足が限界だろう？　たくさん歩かせて悪かった」

「いえ。そんな……って、まさかこのまま森を出るつもりですか？」

「森だけじゃなく、このまま馬車まで連れていくつもりだが？」

「ええっ⁉」

ニヤリと意地悪そうに笑ったルイ様が、私を抱き上げたままスタスタと歩き出す。重そうな素振りがまったくないことが唯一の救いだけれど、この姿を人に見られるのは困る。

森を抜けて馬車までの道には農村があるのに……！　村人に見られたら恥ずかしいわ！

「あの、とてもありがたいのですが、できれば森の入口までに……」

「却下」

「えええ……」

その言葉通り、ルイ様は農民にジロジロ見られても気にすることなく堂々と私を馬車まで運んだ。コリン卿が「怪我《けが》してしまったんですよ」と村人に嘘《うそ》の説明をしてくれたことで、好奇な目からは逃れることができたけれど。

……本当は怪我も何もしていないなんて知られたら、どう思われるのかしら。

そんなことを考えながらも、せっかくならばとルイ様のたくましい胸元に寄り添った私はマーサ様の言う通り図々《ずうずう》しい女なのかもしれない。


クラーク殿下捜索二日目。

「黒い狼の呪い⁉」

何か他に情報はないかと再度訪れたグランリッド大公家で、私たちはメイド長に向かって大きな声で叫んだ。

絶対にありえないとわかっているからこその反応なのだけれど、何も知らないメイド長は目をうるませながら真剣に話し出した。

「昨日お伝えすることができず、申し訳ございませんでした。この件にはエレナ様が関わっておりますゆえ……わたくしが勝手に話すわけにはいかなかったのです」

「今日はもう話しても大丈夫だということですか？」

ルイ様の質問に、メイド長はコクリと頷く。

「はい。許可はいただきました」

「それで、その呪いとは？」

「……実は、クラーク様の妹君であるエレナ様の様子が、黒い狼に会った日から少しおかしくなってしまったのです」

「おかしくなった？」

「はい。突然聞いたこともない言葉を叫んだと思ったら、わたくしたちにも勢いよく話し出したんです。得体の知れない黒い狼のもとに行こうとしたり……。黒い狼もエレナ様に向かって何か吠えて近づこうとしていて、もう二人を離すのが大変だったんです」

「!!」

それって、もしかして……！

バッとルイ様に顔を向けると、彼とバッチリ目が合った。きっと同じことを考えているはずだ。

ルイ様はコリン卿にも一度視線を送ったあと、メイド長に問いかけた。

「エレナ殿下は今お屋敷にいらっしゃいますか？」

「……エレナ様は治療のため今ここにはおりません。ここから馬車で三時間ほどかかる別荘で休養中でございます」

「その別荘のある場所を教えてください。そして、我々が訪ねてもいいかの確認もよろしくお願いいたします」

「エレナ様とお話しを？」

「はい。それがクラーク殿下を見つけるためには必要なのです」

「……わかりました。すぐに確認してまいります」

バタバタバタ……と走っていくメイド長の姿が見えなくなった瞬間、コリン卿が口を開いた。

「エレナ殿下の呪いって、魔女の呪いのこと……ですよね？」

「だろうな。他の人には何を言っているのかわからない言語を話していたということは、黒い狼がクラーク殿下だと気づいたんだろう」

「気づいて周りの人に知らせようとしたけど、言葉を変えられて誰にも伝えられなかったってことか～」

「何度も必死に伝えようとすればするほど、周りにはエレナ殿下がおかしくなってしまったと思われる。そして休養という形で別荘に——といった状況か。クラーク殿下に続きエレナ殿下までそのような状態になったなら、母親である夫人が床に伏せってしまうのも無理はないな」

「団長の呪いの件とクラーク殿下の呪いの件……同じ魔女の呪いではありますが、俺たちはエレナ殿下の言葉を理解できますかね？」

「どうだろう。魔女の呪いを知った者同士なら、普通に話せると思うんだが……」

「もし俺たちがエレナ殿下の言葉を理解できたら、悩んでいるであろう彼女を救ってあげることもできますね」

「ああ。それに、クラーク殿下がエレナ殿下のあとを追って別荘にいるかもしれない。唯一自分に気づいてくれた存在だからな。そこも行ってから確認しないと」

ルイ様とコリン卿が話し合っているのを聞いている間、私はまだ九歳だというエレナ殿下のことを考えていた。

突然現れた黒い狼が兄だとわかったのに、誰にも伝えられなかったエレナ殿下は今どれほどつらい思いをしているのかしら……。両親からも離れた場所で治療しているというけど、彼女はどこもおかしくなんかなっていないのに。

クラーク殿下だけでなく、エレナ殿下のことも救ってあげないと！


「あ。あの白い家じゃないですか？」

コリン卿に言われ馬車の窓から外を覗《のぞ》くと、広々と続く草原の先に白いお屋敷が見えた。青く澄んだ空に、青葉の茂る大きな木々。そんな自然豊かな光景に、グランリッド大公家がエレナ殿下の治療目的にこの別荘を選んだ理由がよくわかる。

まぁ……なんて素敵な場所なのかしら。

美しく清々《すがすが》しい景色にうっとりしていると、ルイ様がボソッと呟いた。

「クラーク殿下もここにいるといいんだが」

「そうですね。グランリッド大公様も期待していらっしゃるようですし」

「いきなり現れたときは驚いたがな」

「あはは……」

別荘に行っていいかの確認に走ったメイド長が戻ってきたとき、なんとたまたま家にいたグランリッド大公が自ら出向いてくださったのだ。

直接許可をいただけたのはよかったけれど、変なプレッシャーも同時に与えられてしまった。

これでもし何も収穫がなかったら合わせる顔がないわ……。

期待と不安を感じながら、別荘の前で馬車を降りる。

早馬で私たちの訪問を伝えられていたらしく、到着してすぐに別荘から六〇代くらいの執事が出てきた。ルイ様を見てすぐにペコリと頭を下げる。

「よくお越しくださいました。どうぞ中へ」

「ありがとうございます。早速エレナ殿下にお会いすることはできますか？」

「はい。もちろんです。ただ……お嬢様はこちらにいらしてからあまりお話しをされません。何もお答えしないかもしれませんが、よろしいでしょうか？」

「承知しております。それでもかまいません」

キッパリと答えるルイ様に安心したのか、執事は「では、どうぞ」と私たちを中に案内してくれた。

向かった先はエレナ殿下が滞在している部屋らしい。明るい色と可愛《かわい》らしい柄の家具で揃えられていて、エレナ殿下のために用意されたのだとすぐにわかった。

そして、そんな部屋の真ん中にあるソファに少女がちょこんと座っていた。クラーク殿下と同じ黒髪に濃いブルーの瞳。茶色いクマのぬいぐるみをギュッと抱きしめている。

まぁ。写真で見たクラーク殿下にそっくりだわ。なんて可愛らしい……！

そんな愛らしい少女は、ルイ様とコリン卿を見た瞬間、拒否するように苦々しい顔でジロッと睨みつけた。まるで『こっちに来ないで』とでも言っているかのような視線に、ルイ様とコリン卿の足が入口で止まる。

あっ……やっぱりルイ様が怖いのかしら？

端正な顔立ちではあるけれど、笑顔が少なく常に真顔のルイ様は子どもから見たら冷たく怖い人に見えてしまっても不思議はない。

エレナ殿下に拒否された二人は、私の後ろで何やらコソコソと言い合っている。

「団長の顔が怖いから怯えてるんじゃないですか？」

「俺のどこが怖いんだ。それにお前も嫌がられてるぞ」

「俺は団長と違って子どもには人気なんですよ。すぐに仲良くなるから見ててください」

「俺と違って、は余計だ」

そんなことを話したあと、コリン卿が前に出てソファに座っているエレナ殿下に近づいた。

「こんにちは。エレナ殿下」

ニコッと爽やかに笑う顔は幼い少年のようで、見た者の警戒心を緩ませる――はずだった。

「自分はコリンといいます。今日はエレナ殿下とお話ししたいことが――」

「帰って」

「え？」

「今すぐ帰って！」

「……っ！」

キッパリと拒否されたコリン卿は、結構なショックを受けたらしく青い顔をしたままフラフラと安定しない足取りでこちらに戻ってきた。

そんなコリン卿の様子を見て、ルイ様が嬉《うれ》しそうにニヤッと口角を上げている。

ルイ様喜んでいるわね……。でも、あのコリン卿でもこんなに拒否されるんですもの。ルイ様では絶対にダメね。今のところ私は睨まれていないみたいだし、私なら大丈夫かしら？

ゆっくりと一歩ずつエレナ殿下に近づき、落ち着いた態度で彼女に話しかけてみる。

「突然お伺いして申し訳ございません。エレナ殿下。お兄様……クラーク殿下のことでお話があって参りました。少しお時間よろしいでしょうか？」

「お兄様のこと……？」

「はい」

クラーク殿下の名前を出したとき、エレナ殿下の目が見開きピクッと反応したのがわかった。興味を示してもらえたのは一目瞭然だ。

これなら話を聞いてもらえそうだわ。

そうホッとした瞬間、エレナ殿下がジロッとルイ様とコリン卿を睨みつけた。

「あの二人は部屋から出してくれる？　あなたとだけならお話しするわ」

「……かしこまりました」

あ。やっぱりダメだったのね。

可愛い少女に完全拒否された二人は、納得のいかない顔で渋々と部屋から出ていった。

部屋に二人きりになった私とエレナ殿下。

まだ九歳だというのに、背筋をピンと伸ばして姿勢良く座っている姿を見ると幼い頃からしっかりと教育を受けてきたご令嬢だというのがよくわかる。ぬいぐるみを抱いているところはまだまだ幼さが残っているけれど。

「それで、クラークお兄様のことって何かしら？」

エレナ殿下はチラッと窓に視線を向けたあと、ジッと私を見つめた。信用できる相手なのかどうか、品定めされている気分だ。

……ここは遠回しな言い方などせずにハッキリと言ってしまったほうがよさそうだわ。

「黒い狼は、クラーク殿下でしたか？」

「!?」

エレナ殿下の濃いブルーの瞳がカッと見開いた。その反応と、この質問ができてしまったことがもう答えになっている。

もしエレナ殿下が何も知らなければ、私の質問は変な言葉に変換されてたはず。やっぱり魔女の呪いを知っている者同士であれば、呪いのことも普通に話せるんだわ。

「………………」

すぐに肯定してくれると思ったエレナ殿下は、なぜか何も答えずにまだ疑わしそうな視線を私に送っている。

あら？　まだ何か疑われてる？　先にこっちの話をしたほうがいいかもしれないわね。

「実は、さっき一緒にいた騎士の方も魔女の呪いで動物に姿を変えられてしまったんです。クラーク殿下と同じように。でも、今は人間に戻れました。私たちは、クラーク殿下を救いたくて彼を捜しに来たのです」

「魔女の呪い……？」

「はい。魔女の森に住む、魔女の呪いです」

さすがにそこまでは知らなかったらしい。魔女の呪いだと聞いた途端、ずっと吊り上がっていた眉を下げたエレナ殿下は、ポツリポツリと話し出した。

「……じゃあ、あの狼は本当にクラークお兄様なの？　私が呪いでおかしくなって、そう思い込んでいるのではなくて？」

「え？」

いつの間にか、エレナ殿下の声が弱々しくなっていた。今にも泣き出しそうな声だ。

呪いでおかしくなって……って、メイド長の言ってた黒い狼の呪いのこと？

「みんなが言うの。私がおかしくなったって。黒い狼の呪いだって」

「…………」

「あの狼とお話しもできるのに、みんなには聞こえていないの。あの狼はお兄様なのに、みんな気づいていないの。最初はみんなに伝えようとしたけど、言葉が変になって言えなくて……！」

エレナ殿下の瞳から大粒の涙がボロッとこぼれた。

気丈に振る舞っていた彼女の泣き顔を見て、胸が苦しくなる。

「そのうち、あの狼がお兄様だって思うのは呪いのせいかもって……。黒い狼が、私にそういう呪いをかけてるのかもって思うようになってきて」

「そうだったのですね……」

だから私の質問にすぐに答えてくれなかったのね。自分でも、黒い狼が兄だなんて今は半信半疑の状態だったんだわ。

それもそうよ。エレナ殿下はまだ九歳。周りの大人から否定されてしまったら、自分が間違っているのかもって考えてしまっても不思議じゃないわ。

……一人で抱え込んでどれほどつらかったのかしら。

失礼かもしれないと思いながらも、私はエレナ殿下の隣に座り彼女を優しく抱きしめた。

拒否されたらすぐに離れようと思っていたけれど、エレナ殿下は私の服の裾を握って体重を少し預けてくれた。

よかった……少しでも早く、彼女の不安を取り除いてあげることができて。

「……どうして、私以外の人はお兄様の言葉が聞こえなかったのかしら？」

「その狼がクラーク殿下だと気づけた者だけ、彼の言葉を理解できるようになるのです。エレナ殿下は、黒い狼を見てすぐにクラーク殿下だとわかったのですか？」

「うん……。私やお兄様と同じ濃いブルーの瞳が印象的で、見た瞬間にお兄様が頭に浮かんだの。そうしたら、その狼が私に向かって『エレナ！　俺だ！　クラークだ！　気づいてくれ』って叫んだの」

「！」

散歩中のエレナ殿下がいたから、気づいてくれって声をかけていたのね。

「それでみんなに『お兄様よ！』って言ったのだけど、変な言葉になってしまって。近づこうとしても止められてしまうし、どうにもできなくて……」

「それで、クラーク殿下は？」

「騎士たちがお兄様を攻撃しようとしたから、そのまま逃げてしまったの。でも、『また会いに行くから』って言ってくれて……」

そう言いながら、エレナ殿下の視線はまた先ほどと同じ窓に向いた。

さっきからあの窓を気にしてる……もしかして……。

「もしかして、あの先のどこかにクラーク殿下がいらっしゃるのですか？」

私の質問に、エレナ殿下がビクッと肩を震わせる。

しっかりしているとはいえ、こういう素直なところはまだ九歳の少女らしくて可愛らしい。

「……………」

「私にはお話しできませんか？」

「…………殺さない？」

「え？」

予想外の返しをされて、今度は私のほうが目を丸くしてしまう。エレナ殿下は気まずそうにクマのぬいぐるみを指でいじりながら、小さい声で再度問いかけてきた。

「さっきの騎士の人たち……お兄様を攻撃したりしない？」

「！」

そっか。ご実家では、騎士の方々が狼になったクラーク殿下を殺そうとしたって言っていたわね。だからエレナ殿下は騎士の服を着たルイ様やコリン卿をあんなに拒否していたのね。

クラーク殿下の身を心配しての行動だったとわかり、エレナ殿下の優しさに心が温かくなる。

「そんなことしませんよ。私たちはクラーク殿下を助けに来たのです。あの二人も魔女の呪いのことを知っているので、エレナ殿下をおかしいなんて思うこともありません。絶対に」

「………………」

真《ま》っ直《す》ぐに目を合わせたままそう伝えると、エレナ殿下は初めてニコッと笑ってくれた。

今やっと私のことを信じてくれたのだと、心の底から嬉しくなる。

「あの二人にもこのことを話してよろしいですか？」

「……うん」

エレナ殿下の許可が出たため、廊下で待機していたルイ様とコリン卿を部屋に呼んだ。


「……で、この近くにクラーク殿下がいらっしゃると？」

コリン卿が私に向けて言った質問に対して、エレナ殿下が小さくコクッと頷いた。

ルイ様は窓から顔を出しキョロキョロと辺りを見回している。この辺一帯がグランリッド大公家の敷地のため、他の家などはなく木の密集した場所がちょこちょことあるだけだ。

「クラーク殿下はどの辺りにいらっしゃるのかわかりますか？」

「いいえ。毎日誰もいない時間に来るの。お腹を空かせているから、いつ来てもいいようにそこに食べ物を……」

ルイ様の質問に答えたあと、エレナ殿下がベッドの下を指差した。使用人たちに見つからないよう、ベッドの下に隠してあるらしい。

クラーク殿下はエレナ殿下から食べ物をもらえていたのね。よかったわ。

食事をきちんととれているのかは、心配事の一つであった。満腹とまではいかないだろうけど、毎日食事ができていたと知りホッと一安心だ。

呪いのせいで黒い狼が兄に思えているのかも……と泣いてはいたけれど、しっかり食べ物を用意してあげていたエレナ殿下を褒めてあげたい。

私は笑顔でエレナ殿下に問いかけた。

「エレナ殿下が毎日用意されていたのですか？」

「うん。夜にこっそり調理場に入って果物とか野菜を持ってきたり……」

「そうですか。それは大変でしたね。今日はもう渡してしまいましたか？」

「いいえ。まだ……だけど、こんなに人がいたらきっと来ないわ」

「それは……困りましたね」

そう呟きながらルイ様とコリン卿をチラッと見ると、二人も眉を歪《ゆが》ませてどうしようかと考えているようだった。コリン卿が険しい顔をしながら少し気まずそうに話し出す。

「たしかに、自分だったら姿を見せないでしょうね。敵か味方かわかりませんし」

「じゃあ俺たちがここにいたらクラーク殿下はいつまで経《た》っても食事ができないことになるな」

「そ、それはいけませんね！　一度帰ったほうがいいのでしょうか？」

「う――ん……」

真剣に悩んでいる私たちを、少し困った顔で見守っているエレナ殿下。

ルイ様やコリン卿に対する不信感はもうなくなっているらしく、キッと睨みつけていた先ほどまでのご令嬢とは別人のようだ。

「あっ！　ここから叫べば聞こえるんじゃないですか？」

「えっ？」

さも名案が閃《ひらめ》いたとでもいうかのように、目を輝かせたコリン卿が声を張り上げた。

「俺、声の大きさには自信があるんですよ！」

「いや、だが――」

「大丈夫です！　俺たちが仲間だってことをちゃんと伝えますから！」

「そうじゃなく――」

「じゃあ、いきます！」

ルイ様の言葉をまったく聞かないコリン卿は、得意げに私たちに笑顔を向けたあと窓から体を乗り出した。ス――ッと思いっきり息を吸ったのが見えたそのとき――

「▲∴○※％■◇〜〜！！！」

謎の言語が、バカでかい声に乗って美しい草原に放たれた。

し――ん……と部屋に静寂が訪れる。

「はぁ……」

ルイ様が呆《あき》れたため息をつくと、コリン卿が少し驚いた顔でこちらを振り返った。

「あ、あれ……？　なんか……変な言葉になってませんでした？　今……」

「なってた」

私とルイ様、そしてエレナ殿下も声を揃えてキッパリと答える。みんなそうなるだろうと予想していたため、特に驚きはない。

九歳の少女からも呆れた目で見られているコリン卿は、焦りながらルイ様に駆け寄った。

「えっ、どういうことですか団長――!! なんですか、今の言葉!」

「さっきエレナ殿下にも説明しただろうが。聞いてなかったのか? 魔女の呪いに関することを口にすると、変な言葉に変わるんだ。おそらく、その呪いを知っている人以外の前では、な」

「それは知ってますけど、ここには魔女の呪いを知ってる人しかいないじゃないですか~!」

「……コリン卿。あんなに大きな声で叫んだら、このお屋敷で働いている使用人の方々にも聞こえていたと思いますよ」

「…………あ」

本当にその可能性を考えていなかったのか、なるほど! という顔をしたコリン卿が私を見て口をポカンと開けた。その正直さについ笑ってしまいそうになる。

我慢できなかったのか、エレナ殿下はクスクスとぬいぐるみに顔を埋めて肩を震わせていた。

「ほら。エレナ殿下にも笑われてるぞ」

「ええ~……みんなわかってたなら教えてくださいよ……」

「何度も教えようとしたけどな」

ルイ様がキッパリとそう告げた瞬間、窓枠に黒い狼が現れた。

突然のことだったので、すぐ近くに立っていたコリン卿は「うわあっ!」と悲鳴を上げてその場に尻もちをついている。

黒い狼!!

真っ黒で艶やかな毛に、輝く濃いブルーの瞳。間違いなくエレナ殿下と同じ色の瞳だ。

「クラーク殿下!?」

ルイ様がそう叫ぶと、黒い狼はポスッと軽やかに部屋の中に着地した。

エレナ殿下が「お兄様っ」と嬉しそうな声を上げて黒い狼のもとに行く。

「お兄様。この方たち、お兄様を助けに来てくれたのよ」

「エレナ……本当に？　たしかに今、名前を呼ばれたが……」

「はい。魔女の呪いで狼にされたクラーク殿下を捜しておりました」

「！」

すべて知っているのだと一言で伝えられるように、わざとルイ様はそんな言い方をした。

そしてその思惑はしっかりクラーク殿下に伝わったらしい。目を丸くして、ルイ様から私やコリン卿に視線を移した。まるで『あなたたちも知っているのですか？』というような視線に、私たちはコクコクと無言で頷く。

「私の言葉がわかるのですね？　それに、魔女のことも……あっ。ご挨拶が遅れました。もうご存じかとは思いますが、グランリッド家のクラークと申します。このような場所までお越しいただき、ありがとうございます。ドロール団長」

「いえ。こちらこそ不躾《ぶしつけ》に失礼しました」

英雄騎士のルイ様と黒い狼が、右手を胸元に添えて頭だけペコリと下げた。騎士特有の挨拶だけれど、こちらから見たらなんとも不思議な光景である。

まあ……なんて礼儀正しいのかしら。さすがグランリッド大公家のご子息だわ。

そんな様子を見たコリン卿は、慌てて立ち上がり同じポーズをしてクラーク殿下に頭を下げた。

「第二騎士団だったコリンと申します」

「ありがとうございます、コリン卿。あなたの叫び声のおかげで、ここに来られました」

「えっ？　あ。さっきの……？」

「はい。あの言葉はエレナからしか聞いたことがなかったので、もしかして……と思いまして」

コリン卿は顔を輝かせて私たちを振り返った。なんとも得意げな顔だ。

そんなコリン卿を無視して、ルイ様はクラーク殿下に私を紹介した。

「私の妻のリリーです。リリーとコリンは魔女の呪いのことを知っているため、今回の捜索を手伝ってもらっています」

「そうだったのですね。でも、なぜドロール団長が魔女の呪いのことをご存じなのですか？」

「それは、私もつい最近まで──いいえ。今もその呪いにかかっているからです」

「えっ⁉」

そう言って、ルイ様は魔女が呪いをかけた理由や目的、元に戻る方法などを順に説明していった。

クラーク殿下とエレナ殿下は時折眉を歪ませながら最後まで静かに話を聞いていた。魔女の自分勝手すぎる行動理由が理解できないといった顔だ。

「そんな理由でお兄様を……！　魔女、許せないわ！」

「あっ、気をつけてください。エレナ殿下。呪いにかかった方の近くにいると、魔女が突然現れることがあるので……」

「！」

私がそう言うと、エレナ殿下はビクッと顔を青くして慌てて自分の口を手で覆っていた。クラーク殿下は焦ったようにキョロキョロと頭上を確認している。

そんな二人の様子を見ながら、ルイ様が冷静に話し出した。

「クラーク殿下が元の姿に戻ったとき、魔女が現れるかもしれませんね。では早速戻ってみましょうか。さあ、コリンをひと噛《か》みしてみてください」

「待って待って待って待って!?　何言ってるんですか団長!!」

コリン卿が両手を前に突き出して、ものすごい速さで後退《あとずさ》りした。部屋の真ん中にいたはずなのに、今では壁に背中をつけている。

「独身男しかダメなんだからお前しかいないだろう。早くその腕を差し出せ」

「いやいや!!　俺の腕がなくなっちゃいますよ！」

「大丈夫だ。クラーク殿下が手加減してくださる。安心しろ」

「全然安心できません!!　団長のときみたいに手の甲だけで済まないですよね!?」

ギャーギャー言い争っている二人を見て、クラーク殿下が申し訳なさそうに話に混ざる。

「あの、他の独身男性を探すのでケンカはそのへんで……」

「何も知らない人に『狼に腕を差し出してください』と頼んでも承諾してもらえませんよ。コリンがちょうどいいんです」

「俺だって嫌ですよ!! 探しましょう！ 承諾してくれる男性を！」

「いるわけないだろ。覚悟を決めろ」

必死に避けようとするコリン卿に、ルイ様が冷たく言い放つ。庇《かば》ってあげたい気持ちはあるけれど、ルイ様の言う通りコリン卿にしか頼めないのだから仕方ない。

可哀想《かわいそう》だけど……クラーク殿下を元に戻すには、他に方法がないのよね。

ルイ様以外のみんなから同情の目で見られているコリン卿は、すでに半泣き状態だ。やるしかないってことは自分でもわかっているのだろう。それでもなんとか避けられないものかと模索しているコリン卿が、ハッと何かを閃いたかのように手をパン！ と叩《たた》いた。

「そう！ 俺は団長専属なんです！ 魔女だってたまには違う男の血が飲みたいはずです！」

「俺……専属？」

ルイ様が顔を歪めてそう聞き返すと、コリン卿が元気よく「はい！」と答えた。

「俺の体は団長のものなんです！ 団長にしか噛んでほしくないんです！」

「…………」

キッパリと言うコリン卿を、この部屋にいる全員が引いた目で見つめる。

その言い方は……ちょっと……。

クラーク殿下は戸惑った顔で三歩ほど後ろに下がっているし、エレナ殿下は不快な顔をしてコリン卿を凝視しているし、ルイ様は寒くもないのにガタガタと震えながらコリン卿をジロッと睨んだ。

「気持ちの悪いことを言うな」

「気持ち悪いってなんですか！　本当のことです！　俺は団長以外の方はお断りです！」

「やめろ！」

……まぁ、たしかに狼に噛まれるって怖いわよね。

何か悪いことをしたわけでもないのに、さすがに可哀想…………ん？

「あっ！　では、悪い人を噛むのはどうでしょうか？」

「悪い人？」

突然の提案に、みんなの視線が私に集中する。

「はい。人を傷つけて逮捕された人とか、何か悪さをした人にちょっと噛みつかせてもらうとか……」

「…………」

あ。あら？　みんな黙っちゃったわ。やっぱり、悪いことをしたからってそんなことしたらダメよね。

「あの、今のは聞かなかったことに――」

「それだ！！！」

「え？」

撤回しようとしたタイミングで、みんなが声を揃えて賛成してくれた。その反応に今度は私のほうがポカンとしてしまう。もちろん、一番喜んでいたのはコリン卿だ。

「リリー様、ありがとうございます！　それですよ！　悪者を噛めばいいんです！」

「それなら私も助かります。正直、手加減して噛むことができるのか不安だったので」

クラーク殿下の発言に、コリン卿が小さい声で「えっ」と反応したのは私にしか聞こえていないだろう。

ルイ様はすでに誰を噛ませるかを考えていたらしく、険しい顔でブツブツと何か喋っている。

「だが、すでに逮捕された者を噛むのは難しいだろう。いくら犯罪者とはいえ、理由も言わずに狼に噛ませたいなどという要望が通るわけがない」

「たしかにそうですね……」

「あっ、じゃあまだ捕まってないヤツならいいんじゃないですか？　俺たちで悪いヤツを捕まえて、その場で噛む！」

「でも、そんなに都合よく罪を犯す者がいるでしょうか……」

騎士三人で（一人は狼だけど）話し合っている様子を、私とエレナ殿下で見守る。エレナ殿下は話に混ざれなくてもやけに楽しそうな顔をしていた。

私が見ていることに気づいたのか、ニコッと可愛らしい笑顔を向けてくれる。

「お兄様がこんなにお話ししているのを初めて見たわ。特にこの姿になってからはあんまり喋らなかったから……。だから嬉しい」

えへへっと笑うエレナ殿下を見て、自然と私も笑顔になっていた。ついさっきまで苦しそうに泣いていた少女と同一人物だとは思えない。

エレナ殿下も元気になってよかったわ。

「あっ！　野菜泥棒はどうですか⁉」

ほのぼのとした雰囲気に和んでいると、コリン卿が大きな声で叫んだ。

「野菜泥棒？」

クラーク殿下が怪訝《けげん》そうにコリン卿に問いかける。狼に噛ませるほどの重罪か？　とでも言いたげな顔だ。

私とルイ様は「あっ」と小さな声を漏らした。

「グランリッド大公家の近くにある農村で、最近畑が荒らされて野菜が盗まれているそうなんです。俺たちも実際に見ましたが、土はボコボコに掘り起こされて悲惨な状態になっていました」

「何……⁉」

クラーク殿下の濃いブルーの瞳が怒りでギラリと光った。黒い毛が少し逆立ったように見える。

たしかに、あれほどひどいことをする人なら狼に噛まれてもいいかもしれないわ！

でも、あの畑荒らし……実は追い詰められたクラーク殿下の仕業かと疑っていたのよね。実際に会ったら違うってわかったけど。

おそらく同じことを考えているのか、少し気まずそうなルイ様と目が合う。そのことは黙っていよう——そう目で合図をしていたとき、明るく笑うコリン卿の声が部屋に響いた。

「実は、それクラーク殿下がやったのかと思ってたんですよ！　みんなが黒い狼のせいだって言うから～」

って、えええええ!?　ご本人に向かって堂々と言ってしまったわ!?

「コリン！」

「畑を荒らすほど憔悴《しょうすい》しきってるのかなぁって。まぁ、殿下はこの土地にいたみたいですし、違うってわかって安心し――」

ルイ様の制止する声が聞こえていなかったのか、話を続けていたコリン卿が目の前にいる黒い狼が発する異様な空気に気づいて言葉を止めた。

クラーク殿下はまるで長年探していた獲物を見つけた獣のように、フ――フ――と深い息を吐きながらギラギラした目をコリン卿に向けている。

「ク、クラーク殿下？」

「領地の畑をそんな状態にしたのが私だと疑っていたんですか……？」

「いっ、いえ！　俺は思ってませんよ!?　村の人が、黒い狼を見たって言ってただけで！　俺は思ってません！」

完全に自己保身に走ったコリン卿を冷めた目で見ながら、ルイ様が話の方向を変える。

「野菜を盗んで畑を荒らした犯人は、黒い狼のせいにして村人を騙《だま》していたのです。許せませんよね？　クラーク殿下」

「……もちろんです。そんなヤツには私が思いっきり噛みついてやりますよ」

「では、早速その農村に向かいましょう。夜までには着けるでしょう」

ガタガタと馬車に揺られること数時間、私たちとクラーク殿下は昨日訪れた農村にやってきた。もうすでに夜になってしまっているため、外には農民の姿はない。満月のおかげで、夜でも多少明るく周りを見ることができた。

「こんな……ひどい……」

荒らされた畑を見たクラーク殿下は放心状態でそうポツリと呟いた。昨日は一ヶ所しか見なかったけれど、村の中を歩いてみると所々に荒れ果てた畑が見える。

こんなにもたくさん……！　なんてひどいことを。

野菜を盗むだけならまだしも、ここまで畑を荒らす意味がわからない。理解不能な犯人に対して怒りが湧いてくる。

私でもこんなに腹立たしいんだもの。クラーク殿下はさぞ犯人が憎いでしょうね。

トボトボと歩いていたクラーク殿下が、小さな声でルイ様に話しかける。

「犯人はきっと夜にやってきてるはずです。なのに、この村では何も対応策がとれていない。なぜなのでしょう？」

「黒い狼のせいだと思っているからかもしれません」

「それでも、警備隊くらいは配置するべきでは？　こんなに被害に遭っていては、ここの暮らしが大変ではないですか」

「……呪いを恐れているのだと思います」

「呪い？」

「魔女の呪いのせいで変な言語を話していたエレナ殿下は、黒い狼の呪いのせいでそうなったと思われているのです」

「なんですって!?」

クラーク殿下を心配させないため、『黒い狼の呪い』の話はしていなかった。エレナ殿下も、別荘に行っていたのは自分が行きたいと言ったからだと嘘をついていたらしい。

自分が呪いを出すと思われていたこと、エレナ殿下が自分を気遣ってくれていたことを知って、クラーク殿下は大きなショックを受けてしまったようだ。

顔色はわからないけれど、耳としっぽがシュンと垂れ下がっている。

なんて声をかけたらいいかわからないわね……。

落ち込んだ様子のクラーク殿下をそっと見守っていると、彼の耳が突然ピン！　と立った。それと同時に、ルイ様とコリン卿が勢いよく同じ方向を向く。

えっ？　な、何？

「……ついてるぞ。まさかこのタイミングでやってくるとはな」

「え？」

「静かに。リリー、こっちに」

ルイ様が小声で話しながら、私を近くの家の陰に連れていく。コリン卿とクラーク殿下はずっと同じ方向を見たまま、体だけ動かしてその身を隠している。

音を立てないようにしているので、誰かがこちらに来ているのだと推測できた。——そう。おそらく、この畑荒らしの犯人が。

ルイ様やコリン卿は耳がいいって言っていたけど、本当みたいね。私には何も聞こえなかったし、今もまったく聞こえないわ……。

私を守るように、ルイ様は後ろから覆い被《かぶ》さるようにして私を抱き寄せる。それだけで怖いという感情はなく、冷静に状況を見守ることができた。

「……今日はここにするか」

「！」

しばらくして、男性の声がかすかに私の耳にも届いた。ザッザッと聞こえる足音は、一人二人ではない。ザクザクと土を掘る音まで聞こえてくる。

間違いない……！　畑荒らしの犯人だわ！　一人じゃなかったのね。

ルイ様は建物の陰から顔を出して様子をうかがっているけれど、私は顔を出すことを許されずにいるため何も見えない。気にはなるけれど、私のせいで見つかっては大変なので音を立てないように必死に身動き一つせずに立っている。

コリン卿たちはどうしているのかしら？

そう思った瞬間、ジャッと砂を蹴る音がして男性の叫び声が静かな夜の村に響いた。

「ぎゃあああっ!!」

「狼だっ!!」

「うわああっ！　本物！」

クラーク殿下!?

「うわあっ!!　騎士もいるぞ！」

「早く逃げろ！」

コリン卿!?

人と人がぶつかり合う音、走る足音、狼の唸《うな》り声、悲痛な叫び――あまりにも激しい騒音に、だんだんと不安になってくる。

「ルイ様！　手助けに行かなくていいのですか!?」

「あの二人なら大丈夫だ。それに、こっちに逃げてくるヤツがいるかもしれないから俺はリリーのそばに――」

まさにそのとき、目の前に二〇代前半くらいの若い男が飛び出してきた。月明かりのもと、バチッと思いっきり目が合ってしまった。

「女!?」

そう若い男が声を出した瞬間、その男は私からものすごい速さで離れていった。

正確にいうと、ルイ様に胸を蹴られて後ろに飛ばされたのだけれど。起き上がらないところを見ると、完全に気絶しているようだ。

たった一撃で……!?

ルイ様が英雄騎士だという事実を今さらながらに実感してしまう。

もしここで剣を抜いたなら、犯人たちは確実にみんな致命傷を負うことだろう。

「団長！　そいつが最後の一人です！」

「わかった」

それを聞くなり、ルイ様は気絶した男に近寄りその体を縄で縛り出した。どこから持ってきたのか、同じように縄で縛られた男が他にも三人いる。犯人は全員で四人だったようだ。

コリン卿を睨んでいる目つきの悪い男以外は、みんな気絶している。唯一起きているその男を見下ろすように、コリン卿が少し威圧感のある声で尋ねた。

「さあ。ここ最近の畑荒らしはお前たちの仕業だな？　なぜこんなことをした？」

男は黙ったままコリン卿をギロッと睨みつけたけれど、黒い狼に至近距離で唸られたため仕方なさそうにボソボソと供述を始めた。

「……野菜は売るために盗んだ。畑は……ただの嫌がらせだ」

「嫌がらせ？　この村に何か恨みでもあるのか？」

「あるさ。俺たちは隣の村の者だ。先月横暴な領主のせいで潰された村のな！　俺たちはあの最悪な領主のせいで苦しい思いをしてるっていうのに、こっちは大公家の領地だからと幸せそうにしてやがる！　だから嫌がらせをしてやったんだ！　黒い狼が現れたって噂が流れたから、その狼のせいにしてな！」

「……はあ？」

コリン卿の呆れた声とルイ様の不快そうな声が重なる。なんとか声には出さなかったものの、心の中では私も同じことを思っていた。この人は何を言っているの？　と。

「お前、それじゃただの逆恨みじゃねーか。文句ならその領主様に直接言えよ」

「うるさ…………っ！　ぎゃあああああっ」

男が反抗しようとした瞬間、黒い狼――クラーク殿下がガブッと男の肩に噛みついた。

強烈な痛みとすぐ近くに狼の顔があったことに驚いたのか、大きな叫び声を上げたあと男は気を失ったらしくガクッと頭を下げた。

わあ……痛そう！　でも、これは自業自得ね。自分勝手な逆恨みで、この村の人たちを悲しませたんだから。

そう考えたとき――

ボンッ!!

何かが爆発する音と共に、黒い狼がいた場所に一人の騎士が立っているのが見えた。

グランリッド大公家のメイド長から見せてもらった写真に写っていた青年だ。……写真よりも少し痩せてしまっているけれど。

ルイ様もそうだけど、どうやら人間に戻るときには行方不明になったときの服装のまま戻れるようだ。

「クラーク殿下！　元に戻ったのですね！」

そう声をかけながら、ルイ様が私の手を引いて殿下に近づいていく。

呆然《ぼうぜん》とした様子のクラーク殿下は、自分の手をジッと見つめたあとにこちらを振り向いた。

「……はい。戻りました」

「よかった……！」

そう答えると共に、私とルイ様、そしてコリン卿が空を見上げてキョロキョロする。その異様な光景に、クラーク殿下は不安そうな声を出した。

「な、何を？」

「あ。いえ、なんでも……」

ルイ様はそう答えながら私をチラッと横目で見た。きっと考えていることは同じだ。

魔女が現れないわ。どうしたのかしら？　人間に戻っているのだし、呪いは解けたのよね？

私たちの視線がまたクラーク殿下に戻ると、彼はルイ様に向かって深くお辞儀をした。顔が見えなくなる寸前、彼の目にうっすら涙が見えた気がした。

「このたびはありがとうございました！　いきなり魔女に狼の姿にされ、なんの説明もないまま気づけば自宅の庭にいて……。エレナ以外にはわかってもらえず、自分はこのまま一生狼として生きるのかと……不安でした。本当に、本当にありがとうございます」

拳にグッと力を入れたクラーク殿下は、涙声でお礼を伝えてくれる。

まだ一九歳の彼が、どれだけ不安な思いを抱えてこのひと月を過ごしてきたのかと考えると胸が熱くなる。

「……戻れてよかったですね」

「はい。明日にでもエレナを迎えに行ってきます」

「きっと喜ばれるでしょう」

朗らかに話す二人を、私とコリン卿が微笑みながら見守る。温かい雰囲気の中、クラーク殿下の一言で一気に場が凍った。

「そういえば、ドロール団長は白銀色の狼でさぞ綺麗だったんでしょうね」

ピクッとルイ様の眉が反応する。

あっ……。クラーク殿下は、魔女の呪いでみんな狼になると思っているのね！

チラッとルイ様を見ると、不自然な笑顔のまま固まっていた。

コリン卿は顔を背けて肩を震わせているので、笑いを必死にこらえているのだろう。

「……俺は狼ではありません」

「そうなのですね。では、なんの動物だったのですか？」

「…………」

あああっ。ルイ様が答えにくそうにしているわっ！　どうしましょう。ここは私が代わりに言ったほうがいいの？

ボンッ!!

「！」

まさかのタイミングで、ルイ様がまた変身してしまった。月の光に当たってキラッと輝く白銀色の小動物が、地面にちょこんと立っている。

前回よりは長く戻れていたけれど、やっぱりまだ血が足りていなかったようだ。

突然目の前にいたルイ様が消えて、クラーク殿下が焦った声で叫ぶ。

「ドロール団長⁉」

「……ここだ」

「えっ⁉　どこに⁉」

キョロキョロと自分より高い目線を捜しているクラーク殿下にお見せするため、私は膝を曲げてルイ様を自分の手に乗せた。すでにコリン卿はお腹を抱えて笑っている。

「あの、こちらがルイ様です」

「………え⁉」

私がそっとルイ様を差し出すようにクラーク殿下に向けると、殿下は目を丸くしてその可愛らしい小動物を凝視した。

「え？　このちい……いえ。あの、み、みんな違う動物なのですね」

「……そうみたいです」

今、絶対に小さいって言いかけたわね……。

ルイ様のムスッとした様子に気づいたクラーク殿下がコメントに困っていると、家の中から五○代くらいの夫婦がそろりと顔を出した。

「あの……何が……あっ！　クラーク殿下！」

行方不明だったクラーク殿下がいることに気づき、夫婦が殿下に駆け寄ってきた。

周りを見ると、他にも数人の農民がこの場所にゆっくりと近づいてきている。

どうやら激しい物音で目を覚ましたものの、狼の唸り声を聞いて恐ろしくて外に出られなかったらしい。

畑を荒らしていた本当の犯人を捕まえたという殿下の報告を聞いて、みんな胸を撫《な》で下ろしていた。……その理由についてはみんな怒っていたけれど。

「黒い狼が一緒に戦ってくれたのです。もう森に逃げてしまいましたが」

そう私が説明したことで、黒い狼の誤解は解け英雄として讃《たた》えられることになった。この話がグランリッド大公家に伝われば、黒い狼の呪いも勘違いなのだとわかってもらえるだろう。

まぁ、そこはきっとクラーク殿下がうまく伝えるわよね。

畑荒らしの犯人たちの処分はグランリッド大公家に任せることにして、彼らは大公家の騎士たちに連行されていった。

そして、クラーク殿下を見つけたことで『初の行方不明者を救った騎士』としてルイ様の名前がさらに広まり、ひとまずクラーク殿下捜索の任務は大成功に終わったわけだけど――。


「コリンはまだ帰ってこないのか？」

「……まだ、みたいですね」

あれから二日。ルイ様はいまだに小動物姿のままだったりする。

というのも、あの晩この姿になってしまったために諸々《もろもろ》の手続きをコリン卿がやらねばならなくなり、そのままルイ様の代わりに王宮に行ってしまったからだ。

元の姿に戻るタイミングを失ったまま、現在に至っている。

他の騎士の方に「ルイ様はどうした？」って聞かれて、焦ったコリン卿が咄嗟《とっさ》に「次の行方不明者を助けに行きました！」って言ってしまったのよね……。

「はぁ……報告もしないまま次の行方不明者のところへ行ってしまうなんて、俺はどれだけせっかちな男だと思われていることやら」

「でも、すぐに新しい方を救いに行くなんてさすが！　って噂されているそうですよ」

「実際は自分の家でクッキーをかじっているだけなんだけどな……」

「ふふっ。でも、次に捜す行方不明者について情報を集めたりしているではないですか」

「それもリリーに協力してもらってるからできているだけだ……」

テーブルの上で私の作ったクッションに座り、クッキーを食べているルイ様。頬袋が膨らんでいてとても愛らしい。しかしその表情は不貞腐《ふてくさ》れたように険しくなっている。

「だが、なんで俺はこんな小動物なんだ……？　どうせ動物になるなら俺も狼がよかった」

まあ！　まだ気にしていたのね。まるで子どもみたいに拗《す》ねているわ。

あまりの愛《いと》おしさに笑ってしまいそうになったけれど、なんとか我慢して返事をする。

「私はルイ様が狼じゃなくてよかったです。だって、もし狼だったら怖くてすぐに逃げていたと思いますから」

「……そうか。リリーがいなかったら、俺は元に戻れていなかったかもしれないしな」

「はい。お部屋に隠れて一緒に過ごすこともできませんでしたし、今のルイ様でよかったです」

「…………たしかに」

納得してくれたのか、ルイ様の吊り上がっていた目が垂れていく。その素直な反応を微笑ましく思っていると、突然部屋をノックされた。

「コリンです。ただいま帰りました」

「コリン！」

ルイ様の声を聞いて、コリン卿がひょこっと顔を出す。この二日間あまり寝ていないのか、目の下にはクマができていた。

「クラーク殿下の件は全部終わりました。事前に話し合って決めていた通り、クラーク殿下がどこにいたのかなどは話せないとお伝えしておきました。不満そうな人もいましたが、実際に行方不明者を見つけてきたからか誰にも文句は言われませんでしたよ」

「そうか。助かった。ありがとう、コリン」

「いいえ。俺、あんまり寝てないので……まだ夕方ですけどもう寝ていいですか？」

「ああ。ゆっくり休んでくれ。だが、その前にひと噛み頼む」

「絶対言われると思ったあああ――！」

爽やかに顔を輝かせたルイ様にそう言われ、コリン卿がガクッと床に四つん這《ば》いの状態で倒れ込む。

……その反応になっちゃうわよね。

「なんで他の人に噛みつかなかったんですか⁉　新しい使用人の中にも若い独身男性いますよね⁉」

「いきなり噛みついたら可哀想だろう」

「俺も可哀想です！」

「お前が自分でその体は団長のものだって言ったんだろ。責任を持て。俺は二日もこの姿で待っていたんだぞ」

「そのことについては気持ち悪いって言ってたじゃないですか！　あああ。最初は優しかったのに、もういつもの団長に戻ってる！」

半泣き状態で文句を言いながら、トコトコと近づいてくるルイ様から逃げるコリン卿。

「まあ、安心しろ。今回が最後だ。魔女とある約束を取りつけたからな」

「え？　魔女が現れたんですか？」

「ああ。クラーク殿下が元の姿に戻ったあの夜にな」

そう。殿下の呪いが解けた日の夜、ドロール公爵家に帰ってきた私たちの前にまたあの魔女が現れたのだ。

「魔女！　お前、なんで今頃⁉」

顔を歪めて叫んだルイ様を、バツが悪そうな顔で見下ろす魔女。いつもニヤニヤと笑っていた魔女のこんな表情は初めて見る。

「ふん！　うるさいねぇ。ただアイツの顔を見たくなかっただけさ」

「アイツって、クラーク殿下のことか？　なぜ顔を見たくないんだ？」

「アイツはアタシに呪いをかけたあの忌々《いまいま》しい魔術師にそっくりだからさっ。森に入ってきたヤツの顔を見た瞬間、すぐに呪いをかけて森から追い出してやったわ！」

ツ――ン！　と顔を背けながら偉そうに言う魔女を、ポカンと見つめる私たち。

魔術師って、グレゴーラのこと？　彼とクラーク殿下が似てる？　二人は血の繋《つな》がりはないはずだけど……。というか、そんな理由でクラーク殿下に呪いを⁉

魔女はよほどグレゴーラが嫌い――いや。苦手なのだろう。強がった言い方をしているけれど、すぐに森から追い出すなどの発言から彼を怖がっているのがよくわかる。

「まさか、クラーク殿下が呪いのことをほぼ知らなかったのも……」

「アタシが何も説明しなかったからだろうねぇ」

ふん！　と開き直った態度の魔女を、ルイ様が軽蔑した目で見ている。もちろん私もだ。

畑荒らしの犯人といい、魔女といい、クラーク殿下は何も悪くないのにひどい目に遭わされて……彼を一番に救って本当によかったわ。

「で？　今になって俺の前に現れて、いったいなんの用だ？」

「……あの男の血が欲しいんだ」

「は？」

先ほどよりもさらに軽蔑の色を濃くした目で、ルイ様がジロッと魔女を睨みつける。

「何さ、その目は！　憎らしい魔術師にそっくりなあの男の血を飲んでみたいだけさ！」

「俺がその話を聞くとでも…………いや、待てよ。条件次第では叶《かな》えてやってもいい」

「ルイ様⁉」

まさか、本当にクラーク殿下の血を魔女に差し出すつもりなの⁉

慌てた私と違い、魔女はパァッと顔を輝かせた。

頬の横で長い指をスリスリと擦《こす》りながら、甘えた声を出す。

「本当かい？　で、その条件とはなんだい？」

「血は少量だけだ。最初にコリンの血を飲んだだろ？　あれと同じ量だ。それから、俺とクラーク殿下の呪いを完全に解くこと。これが条件だ」

「！」

魔女は綻《ほころ》ばせていた表情を一瞬で真顔に戻し、ジ――ッとルイ様を見下ろした。

「……わかったよ。ふん。仕方ないね。あの男の血が飲めるなら、少量でも我慢するさ」

ええっ。それで了承した⁉　最初のコリン卿の血って、ほんのちょっと手から出ただけの量なのに。そこまでしてクラーク殿下の血が欲しいなんて……。積年の恨みって相当なものね。

小さい傷とはいえ殿下から血をいただくのは心苦しいけれど、それで完全に呪いが解けるというのなら殿下にとっても悪い話ではないとは思う。それでも少し複雑ではあるけれど。

とにかく、こうしてルイ様は魔女と約束を取りつけることに成功したのだ。


「クラーク殿下の血を差し出せば、お二人の呪いが完全に解ける……！」

話を聞いたコリン卿が、目をキラキラと輝かせた。

「そうだ。まだ本人に確認はしていないが、この条件なら受け入れてくれるだろう。早速明日にでも殿下のところへ行こう」

「はい！　じゃあ、もう俺の血はいらないってことですね！」

期待に満ちた顔で話すコリン卿に向かって、ルイ様がにっこりと爽やかに微笑む。

「ああ。だが今日はお前の血が必要だ。噛ませろ」

そう言ったと同時に、白銀色の小さい獣がコリン卿に向かって飛び跳ねたのが私の視界に入った。コリン卿の悲痛な叫びは、ボンッという爆発音と共に部屋に響いていた――。


「コリン卿、結局あのまま起きてきませんでしたね」

その日の夜。私はルイ様とベッドの上で隣同士に座り、これからのことなどを話していた。

「よほど疲れたんだろう。明日の朝まで寝てるんじゃないか?」

「ルイ様の代わりにがんばってくれたんですものね」

「ああ。あいつには何か褒美をやらないとな。休息……をもっと与えたいが、早く他の行方不明者も捜しに行きたいし。休めと言ってもどうせついてくるだろうな」

う——ん、とルイ様が首をひねる。本人の前では強気な態度だけれど、実際にはコリン卿にとても感謝しているのが伝わってきてほっこりする。

「何か望んでいることがないか、私からあとで聞いておきますね」

「頼む。リリーにならら常識の範囲内で答えるだろう。俺が聞いたら、街の酒場の酒全部とか言い出しそうだ」

「あはは……まさか」

そんなわけないわ、とは言いきれないわね。

和やかに話しているうちに、時間はとうに普段の寝る時間を過ぎていた。

あ……もうこんな時間だわ。

「ルイ様、もう寝ますか?」

「そうだな」

座っていた体勢からそのままベッドに横になり、ルイ様がサイドテーブルの上に置いてある灯《あか》りを消した。真っ暗な部屋の中で、いつも通り寝ようとした私はやっとその違和感に気づく。

……待って。そういえば、元の姿のルイ様と一緒に寝るのってあの初夜のやり直しの日以来なのでは⁉

クラーク殿下を捜している間は、大公家の領地にあるホテルに泊まっていたし、そもそもルイ様は色々と忙しくしていて一緒に寝ていなかった。

自宅に帰ってきてからはずっと小動物の姿だったし、今夜ってもしやあの日以来の二人きり⁉

ドキドキドキドキ……

ど、ど、どうしよう！　急に緊張してきちゃったわ！　私、このまま寝ていいのかしら⁉　といっても寝られそうにないけど……！

一人でパニックになっていると、隣で仰向《あおむ》けに寝ていたルイ様がゴロンと私のほうに体を向けた。慣れてきていた暗闇の中で、うっすらと目を開けているルイ様が見える。

あ……目が合った……？

「リリー」

「は、はい？」

「……その、リリーの緊張が俺にも伝わってくるんだが」

「え⁉」

照れているような、どこか気まずそうな声で言われ、ボッと顔が赤くなる。

「……初夜のやり直しをするんじゃないかって緊張しているだろう？」

「え……あ、あの……」

どうしてわかったの⁉

あわあわしてしまって、うまく答えられない。そんな戸惑っている私を見て、ルイ様がフッと鼻で笑った。

「安心しろ。今日は何もしない。ただ一緒に寝るだけだ」

「え……？」

「前のときも、リリーすごく緊張していただろ？　俺が小動物になったあとにホッとしてたのを知ってるぞ」

ギクッ
えっ。……気づかれていたの？

「あのあと反省してな。無理に急ぐ必要もなかったなと。……悪かった」

「い、いいえ！　ルイ様が謝ることは何も……」

「今夜はこのまま一緒に寝てくれるか？」

「！　……はい。もちろん」

ルイ様、ちゃんと私のことを考えてくださっていたのね。嬉しい……。

ホッと安心していると、ルイ様が自分の右手をこちらに伸ばしてきた。気がつけば、さっきよりもルイ様との距離が近くなっている気がする。

「じゃあ、遠慮なく」

「え……えっ？」

耳元でルイ様の声がしたと思った瞬間、私は布団の中でグイッと体を引っ張られた。いつの間にか私の頭の下にはルイ様のたくましい腕があり、私の顔はルイ様の胸元にくっついている。腰にはもう片方のルイ様の腕が回されていた。

あ、あれ!? 私、今抱きしめられてる!?

「ルイ様っ、あの、な、何もしないって、さっき……!」

「抱きしめているだけで、他には何もしない。『一緒に』寝るとさっき承諾してくれただろう? 一緒に寝るというのは、こうやってくっついて寝ることだからな」

「初めて聞きましたが!?」

今日は決して暑い日ではないというのに、真夏かと思うほどに体が熱くなっている。心臓もバクバクと激しく動いていて、まったく眠れる気がしない。

本当にこのまま寝るの!? そんなの無理……!

ルイ様の胸元に顔を当てているせいか、私と同じくらい激しく動いている心臓の音が聞こえてくる。

同じような状態なのにルイ様は眠れるのかしら?

そう心の中で考えたとき、ボソッと呟かれたルイ様の声が私の耳に届いた。

ついさっきまで余裕そうだった人物とは思えないほど、弱気な声になっている。

「……悪い。やっぱり、さっきと同じ状態で寝てもいいか?」

「え?」

驚いて顔を上げると、頬を赤く染めたルイ様が気まずそうにこちらを見ていた。

いつも真っ直ぐに相手を見るキリッとした瞳が、今は少し垂れたように優しく私を映している。

そのどこか艶っぽい表情に、心臓がドキッと大きく跳ねた。

「自分からやったのにごめん。ちょっとこのままじゃ寝られない……」

「……さっきの状態って、最初に横になったときの……ですか？」

「ああ。ごめん」

「ど、どうしてですか？」

「……いや。その……実際にリリーを抱き寄せたら、色々と……その……一晩耐えられる自信がなくなったというか……」

「………」

ルイ様にしてはめずらしくしどろもどろに話していて、その照れた様子にギュッと心臓を鷲掴《わしづか》みにされてしまった。

なんだ……やっぱりルイ様も緊張していたのね。

自分と同じだとわかり嬉しくなる。ルイ様への愛しい気持ちが溢れてきて、パニックになっていた頭もだいぶ落ち着いてきた。

「……怒ってるか？」

「まさかっ。私も寝られそうになかったので、それで大丈夫です」

「そうか」

正直に答えると、ルイ様がホッとしたように笑って私の頭の下から腕を抜き、腰から手を離した。自由になった途端、急に寒さを感じる。

これはこれで寂しいわね……。手だけでもつなぎたいけど、ダメかしら？

「あの……ルイ様」

「なんだ？」

「手だけつないでもよろしいでしょうか？」

「！」

優しく微笑んでいたルイ様がパチッと目を丸くする。自分からそんな提案をするなんてはしたなかったかしらと不安に思ったとき、なぜかルイ様は自分の目元を手で隠した。

あっ……やっぱりダメだった？

「す、すみません。無理なら大丈夫で――」

「無理じゃない。無理じゃないが……ちょっと待ってくれ」

「？」

ルイ様はキッパリ無理じゃないと言いきってくれたけれど、まだ私の手に触れてはくれない。

どうしていいのかわからず戸惑っていると、目元を隠していた手が動きエメラルドグリーンの綺麗な瞳が私を見据えた。

その熱い視線をそらすことができずに、私も真っ直ぐ彼を見つめ返す。

「リリーはすぐに可愛いことを言い出すから困る」

そんな言葉と共に大きな手が私の手を包んだ――と思った瞬間。

チュッ
「！」

突然唇が重ねられて、危うく心臓が止まりかけてしまった。

ふ、不意打ち……！

「おやすみ、リリー」

「お……おやすみなさい」

片腕を支えに少し体を浮かせていたルイ様が、ニヤリと笑ってそのまま私の隣に横になる。もちろん手はつないだままだ。

白銀色の髪の毛をサラッと靡《なび》かせ、やけに色気のある美しい微笑み。

今は手しかつないでいないというのに、抱きしめられていたときよりも鼓動が速い。

これじゃ結局眠れないわ……っ！

やけに体温の高い気がするルイ様の手を握り返して、私はまだ落ち着きそうにない心臓の音を聞きながら長い夜を過ごした。

Danna sama ga
\ chicchai /
mofu mofu ni
narimashita

あとがき

こんにちは。菜々と申します。

この度は『旦那様がちっちゃいモフモフになりました～私を悪女だと誤解していたのに、すべて義母の嘘だと気づいたようです～』をお読みくださり、ありがとうございました。

カッコよく強い騎士様が、手のひらに乗るくらいの小動物になったら可愛いだろうな～。それで意地悪な母姉の姿とか見ちゃったらおもしろいだろうな～。

そんな妄想から思いついたのが、このお話です。

小さいモフモフのルイを、頭の中で愛でながら書くのは本当に楽しかったです！

実は、ルイの動物はジャンガリアンハムスターをイメージしておりました。本文で一度もその名前を出さなかったのは、異世界にジャンガリアンハムスターっているのか？　と思ってしまったからです。

名前が長い分、あまり異世界っぽくないなと思いハッキリとは書きませんでした。

なので、今回こちらの作品を書籍化するにあたり、このモフモフルイを絵で見られることが一番嬉しかったです。

ちっちゃいモフモフを！　憧れの眠介先生の絵で見られるなんて！

初めてキャラデザを見たときは、担当編集様と大興奮してしまいました。なんて可愛い！　そしてルイ（人間）も繊細なイケメンで素敵すぎる！

え？　この人がこんな可愛い小動物に？　と、なかなか興奮が収まりませんでした。

リリーもお顔も髪型も服もすべてが可愛くて、なんて美男美女の夫婦なんだと感動して嬉し泣きしました。

こんなにも素敵に仕上げてくださった眠介先生には、感謝の気持ちしかありません。本当に本当にありがとうございます。

そして、こちらの作品はコミカライズも決まっております！

モフモフルイをたくさん見られる！　ポケットに入るところや、小さいクッションに寝るところも見られる！　と今からとっても楽しみにしております。

ぜひ、コミカライズも読んでいただけたら嬉しいです。

続報をお待ちください！

最後まで読んでくださった読者様、作品をさらにおもしろくするために優しく支えてくださった担当編集様。そして、本の制作に関わってくださった全ての関係者様、本当にありがとうございました。心より感謝いたします。

またお会いできますように。

旦《だん》那《な》様《さま》がちっちゃいモフモフになりました ～私《わたし》を悪《あく》女《じょ》だと誤《ご》解《かい》していたのに、すべて義《ぎ》母《ぼ》の嘘《うそ》だと気《き》づいたようです～

初出……「旦那様がちっちゃいモフモフになりました　～私を悪女だと誤解していたのに、すべて義母の嘘だと気づいたようです～」
小説投稿サイト「小説家になろう」で掲載

2024年1月5日　初版発行

著者:菜《な》々《な》
イラスト:眠《ねむ》介《すけ》

発行者:野内雅宏

発行所:株式会社一迅社

〒160-0022
東京都新宿区新宿3-1-13　京王新宿追分ビル5F
電話　03-5312-7432(編集)
電話　03-5312-6150(販売)
発売元:株式会社講談社(講談社・一迅社)

印刷・製本:大日本印刷株式会社
DTP:株式会社三協美術
装丁:おおの蛍(ムシカゴグラフィクス)

ISBN 978-4-7580-9610-2

おたよりの宛先
〒160-0022
東京都新宿区新宿3-1-13　京王新宿追分ビル5F
株式会社一迅社　ノベル編集部
菜々先生・眠介先生